微言集

WEIYAN JI

罗洪忠 著

南方日报出版社
NANFANG DAILY PRESS
中国·广州

图书在版编目（CIP）数据

微言集 / 罗洪忠著. -- 广州：南方日报出版社，2018.2
ISBN 978-7-5491-1796-3

Ⅰ. ①微… Ⅱ. ①罗… Ⅲ. ①散文集－中国－当代 Ⅳ. ①I267

中国版本图书馆CIP数据核字（2018）第026897号

出 版 人：周洪威
责任编辑：阮清钰
责任技编：王 兰
责任校对：阮昌汉
书籍设计：书窗设计工作室

WEIYAN JI
微言集

著　　者：罗洪忠
出版发行：南方日报出版社
地　　址：广州市广州大道中289号
经　　销：全国新华书店
印　　刷：广州市人杰彩印厂
开　　本：787mm×1092mm 1/16
印　　张：15.75
字　　数：900千字
版　　次：2018年2月第1版
印　　次：2018年2月第1次印刷
定　　价：36.00元

投稿热线：（020）87373998-8503　读者热线：（020）87373998-8502
网址：http://www.nanfangdaily.com.cn/press　http://www.southcn.com/ebook
发现印装质量问题，影响阅读，请与承印厂联系调换。

序

一直都想写点东西，无奈字写得难看，自己都不忍看下去，因此一直没有提笔。直到智能手机的出现，特别是输入法的简便和容易操作，让我有了写点东西的冲动。

写什么呢？当然是写点自己的真情实意，写点自己的人生经历，人生感受，人生体验，还有此时此刻的真实感受。我想把这一刻真实的我留住，留给子孙后代，留给亲朋好友，和他们一起分享，一同成长，一块儿进步。

自从有了微信，我们就经常离不开手机了，无聊时就玩手机，加之我经常有许多稀奇古怪的想法，因此不断敲啊敲，不知不觉中竟也敲出了几十万字。这里面有一些随笔、一些散文，还有一些怪谈、杂文、评论等，当然还有一些破诗，虽然是破诗，但毕竟我们生活中、生命中也不能没有诗和远方，所以，破诗还是要有的！

经过了一段时间的准备，我终于把这几年随手写下的这些东西整理了出来，现正准备把它们编印成一本小册子，以方便留存，也好让大家将来能有个纪念。

我常常在想，人生几十年，真的太短暂了！我们还来不及挥霍青春，就已经瞬间老去，不久的将来就要告别彼此。当我们告别这个世界的时候，我们拿什么来留给子孙后代，留给亲朋好友呢？房子和物业吗？还是金钱？不，我们应该给他们留点精神层面的东西，要留点精神食粮，特别是对于子孙后代，我们更应给他们留点感想，要把人生的经验、心得和体会告诉他们，与他们分享，和他们共同成长，也需要把属于我们自己的文化、思想、理念传承下去。

因为有了这样的想法，于是就有了写点东西的冲动，现在这些东西很快就要变成铅字，变成作品了。不管这里面有什么谬论，也不管这些文章写得好不好，高不高明，毕竟都是我个人的真实体会，真实感受，是我真情实意的东西，我也非常乐意和同志们一起分享，一起讨论。

由于水平有限，文字功底欠缺，经历和认识也比较肤浅，因此书中难免有些错字、别字，甚至用词不当、表意不准确，还可能有些错误的想法、看法，这些都是在所难免的，也是我个人的局限性。但是，不管怎样，这些都是我真实的想法、看法，是我内心世界的真实反映，是我彼时彼刻的真情实感。我愿意像拍照那样，把那一刻真实的我，包括我的感情世界一起永远留住，留给自己，也留给朋友们，特别是想留给子孙后代，就让这本书作为我留在这世上的一点念想和纪念吧！

如果生命还能继续，人生还能延长，我依然愿意继续读书写作，写写我们曾经经历过的东西，写写我们人生旅途的所见所感和所思所想，特别是想写下我和朋友们之间的友谊，也写下这人世间的一切真善美，写下我们在尘世的种种酸甜苦辣和喜怒哀乐，而这些都是我倍感珍惜和感到骄傲的东西，特别是和你们的相遇，那是我一生的荣耀，我特别地珍之，惜之，爱之和记之。

我真不知道，未来我们到底还会有多少日子，但不管怎么样，我都希望我们大家能够平平安安，永远健康和快乐，我更希望在这人生的列车上，我们还能继续相遇，相知，相亲，相爱，相助，相分享，相交流和同成长，共进步！

谢谢你们！

2017年10月11日

目录

章一

爱的思考

2 爱的理解
4 说爱
6 何谓爱情？
8 爱情、情欲和风流
9 爱情和婚姻
10 找对象
12 花心与专一
15 情人
16 伴侣
19 家
20 孩子
22 一碗汤的距离
23 母亲
26 目送
27 每天都是母亲节
29 父亲节快乐
30 敬老·尊老·爱老

33 假如爱有天意
35 当我想你的时候
37 我想告诉你
39 调侃婚姻
41 旧情人
43 结婚与离婚
45 所谓幸福
47 生命·爱情·自由
49 原来，真的爱你

章二 生活点滴

52 我的深大
58 生活
60 流星
62 美景在心
63 超级月亮
64 除夕

65 跨年夜

66 明月烟花伴元宵

68 如果没有愚人节

69 生日快乐

71 串门

72 窗外

73 母亲节快乐

74 散步

76 秋天来了

77 重阳登山

79 天赋

80 丁克

82 房与家

84 接新娘

87 分房睡

89 打麻将

90 想对餐桌陋习说再见

92 有感于罗一笑事件

93 让座

94 自负狂

95 情商的高与低
97 批评、争论及其对象
99 朋友圈的自白
101 亲密无间和同甘共苦
103 关于孤单
104 收获成长，喜得进步

章三 读书行旅

108 《周国平文集》读后感
109 读书说
110 听袁中郎言
111 读书有感
113 闲时趣事
114 读书与学习
118 月亮·康桥
120 信
122 树的情怀

124 散文与我
125 读书会傻?
127 摄影
128 视野与美景
129 最美的风景
130 看海
132 飞
134 走吧，兄弟
136 再见荔枝公园
138 北海回忆
140 北京印象
142 漫步清华园
145 在清华园骑车
147 一起去看胡杨
148 春天的距离
149 节日的黄鹤楼
150 武汉东湖
152 户部巷食街
153 第一次出国
155 外国印象

157 与一座城市的邂逅

159 初遇布拉格

162 布拉格的早晨

164 华沙印象

166 疗养

章四 人生感悟

170 不忘初心

171 长征精神

172 尘梦

173 出家

175 炊烟

176 从心出发，追求卓越

178 匆匆

179 人生的事业

180 当你老了

182 老爷子走了

186 旅程
187 旅途愉快
188 等
189 赌气和斗气
191 宽容
193 富贵闲人
195 静
196 何谓静美？
197 “心灵鸡汤”
198 明
200 明月当空
202 哪种状态较好？
203 青春之花
204 清静无为
205 热泪盈眶
206 人不可以无趣
207 微笑是最好的随和
209 如果你看见
211 秋愁
212 如果有来生

213　善是我们一生的追求
214　情伤
215　上善若水
216　生命的目的和意义
217　生命与生活
219　健康是我们一辈子的事业
221　生命之旅
222　什么才是好?
223　收拾行装
225　死的思考
226　顺其而生，自然而死
229　随遇而安
231　谈什么
232　笑对命运的安排
234　就让一切随风

爱的思考

Zhang 1

爱的理解
说爱
何谓爱情？
爱情、情欲和风流
爱情和婚姻
找对象
花心与专一
情人
伴侣
家
孩子
一碗汤的距离
母亲
目送
每天都是母亲节
父亲节快乐
敬老·尊老·爱老
假如爱有天意
当我想你的时候
我想告诉你
调侃婚姻
旧情人
结婚与离婚
所谓幸福
生命·爱情·自由
原来，真的爱你

爱的理解

所谓爱，不是只有情爱，那只是小爱，是“自私”的爱，一般的爱。

真正的爱，是大爱，是对众生的爱，那是非一般的爱。

爱别人，就是爱众生。

爱众生，就要学会宽容和原谅。

没有什么是放不下的。

多大的事？

除了生死，其他都是小事！

我们心中如果有爱，就会原谅别人，宽容别人，就不会拿别人的错来惩罚自己，糟蹋自己，何况这还不一定是别人的错？

爱一个人容易，爱很多人就难了！因为你要宽容和接纳各种各样不同的人，那意味着，你胸怀天下，你心胸宽广，你坦坦荡荡。

做这样的人多难啊！

可是再难也要做！因为除了爱，我们别无所求！

爱是我们的追求，爱是我们的价值，爱可以让我们变得美丽。

爱吧！我们都要学会爱！

爱也不抽象，它具体得很，首先就是放下，放下就是原谅和宽容，就是不计较，不在意，不介怀。

这，就是爱！

说爱

很多人成天嘴边挂着“爱”字，不是“我爱你”，就是“你爱我”，爱不完，爱不停。

他们真的懂爱吗？或许吧！

但我还是怀疑，怀疑他们说爱的诚意，怀疑他们的认知，更怀疑他们的深情。

爱，是神圣的；爱，是博大的；爱，是无私的；爱，是奉献的；爱，更是伟大的！

所以，请反思自己的爱神圣吗？博大吗？无私吗？伟大吗？你的爱到底有多深？又有多诚和多真？否则，不要把爱挂在嘴边。爱，也不要停留在口头上；爱，更不能轻易拿来谈论，它胆小、稚嫩、害羞，我们必须小心珍藏着，呵护着，千万别让它受惊吓，受委屈。

说爱，首先要学会爱自己。爱自己，不是提倡自私自利，也不是要你心中只有自己，更不是为达个人目的而不择手段，而是要珍惜自己的生命，珍惜自己的身体，珍惜我们所拥有的一切。

说爱，其次要学会爱别人。而爱别人，首要的就是爱自己的父母。一个对父母都不懂得施与爱的人，很难想象他有多懂得爱，更不知他的爱有多温暖。

说爱，只是因为爱，所以爱。因为爱，所以无私、无畏、无求，只有奉献，只有真心付出，从不计较，从不灰心和放弃。

爱是一种责任，爱是一种精神，爱是一种信仰，爱更是一种追求，同时也是一种乐趣。

爱吧！但不要只说，要悄悄地去做！让我们深爱的人都幸福快乐，这样我们就会更快乐，就真的懂得爱了！

爱，你懂吗？

何谓爱情?

爱情？什么是爱情？忘了！

爱情？有分好和坏的吗？什么是好的爱情？什么又是坏的爱情？在我看来，只要是爱情，真的爱情，就一定是好的。坏的爱情，不叫爱情，那是孽缘。

爱情，我们还有爱情吗？

爱情是不死的吗？

我们还配有爱情吗？

我不知道！有人知道吗？

爱情能够重生吗？

有没有纯洁的爱情？

为什么人们老讲爱情？讲点别的不行吗？

爱情是属于年轻人的吧？

爱情还和我有关吗？

什么狗屁爱情，见鬼去吧！

我现在只和我的家人谈情说爱，哪有其他什么爱？我的爱都是很有限的，现在只能给家人，给不了那么多的人。

爱情，在我看来，也可以是一厢情愿的，那就是真心付出，一心一意和全心全意，就是不求回报！

那种相互的，你爱我，我爱你的爱情，可遇不可求，是短暂或者虚无缥缈的。

与其追求爱情，不如追求爱人。

与其爱人，不如爱自己，爱家人。

爱情，就是爱的感情，就是因爱而生之情，就是你不懂我，我不懂你，只知道付出之情。

其实我对爱情什么都不懂，只是胡说八道。

哈哈，晚安！爱情。

爱情、情欲和风流

爱情是灵魂与灵魂的相遇，是灵与肉的结合，它当然和情欲有关；但情欲却不一定包含爱情；风流是情欲的结果，和爱情基本是风马牛不相及。

结婚是为了想摘取爱情的果实，殊不知爱情的果实却可能是苦涩的，爱情从来就不只有甜蜜，它也可能只有苦涩和无奈，既然摘取了爱情的果实，就不要想着一定还要看到爱情之花开得艳丽。婚姻只有幸不幸福，没有甜不甜蜜。情欲谁都有，就看谁比较能够自控，是不是这样?

爱情和婚姻

观点好像对，
苟且真遭罪，
奈何江湖里，
身不由己随。

爱情婚姻配，
缘分不全对，
机会一两次，
哪来甜和美？

其实都很累，
苟且不是罪，
繁华平淡过，
心宽夜好睡。

找对象

最近在看《非诚勿扰》，这是一个相亲节目。

登上节目的人都想找一个自己心仪的对象。

可是我在想：我们应该找一个自己喜欢的，还是找一个喜欢自己的人？

当然，我们可以找一个自己喜欢，也喜欢自己的人。但是，双方对彼此总有喜欢程度的差别吧？

那么，是应该我们喜欢对方多一点还是要求对方喜欢我们多一点为好呢？

很多人一直都在找一个自己喜欢的人，至于对方喜不喜欢自己，并不特别在乎。事实上，自己喜欢的，我们当然愿意付出，如果自己并不怎么喜欢，又何来此志不渝呢？

反过来想，找对象其实应该找一个喜欢自己的人，当然我们应该也是能够接纳对方的。

如果找了一个自己喜欢，而对方并不怎么在乎我们的，那我们的爱，就只有付出，这种爱可能是单向的、苦涩的，也注定是辛苦和不能持久的。

爱，有些时候还是要讲究回报的！

当然，伟大的爱，是不讲这些的，可以只有付出。

但是，我们只是普通人的爱啊！又怎么可能不讲回报？

没有回报的爱，不仅仅可能是苦涩的，而且这种单方面的付出一定会失去平衡。如果期望与实际收获差距太大，可能导致失望，也可能导致情感的悲剧。

所以，还是应该找一个更喜欢自己的人才对，因为这样可能会幸福得多！

爱一个人，是一件很辛苦的事！因为你需要不断地付出，即使可能收获愉悦。被爱，则永远是幸福的。

你是喜欢爱，还是被爱呢？

花心与专一

什么是花心？什么又是专一？

我看《非诚勿扰》的很多女嘉宾，她们有过很多前男友，男嘉宾就更不用说了。

这算不算花心？

是不是只恋爱一两次才叫专一？

那些恋爱了很多次的人，是花心呢，还是情路坎坷？

这让我想到女同志逛街，她们特别喜欢逛时装店，这个看看，那个试试，有时还对着镜子比一比，问一问："这件好看吗？"

我一般都会回答，这要看谁穿，如果是模特，穿什么都好看。

言意之下就是要看身材。我就想象不出，一个大肥婆穿什么是好看的。

这话似乎有点刻薄，但衣服真的都不是什么问题，问题真的在于身材和气质。

所以，女同志想漂漂亮亮，想穿衣服好看，没什么秘诀，保持好的身材和养成高雅，优雅的气质最重要。

我其实并不是想教女同志穿衣打扮，我只是想说，她们挑衣服时，左比较，右比较，看上了喜欢的干嘛不买了就走？为什么要试了又试？试对了才买？这算不算花心？

其实，买衣服是这样，谈恋爱岂不是也一样？

谈恋爱，当然多是为结婚，那些不为结婚而谈的恋爱，可以说都是要流氓。

那么，既然是为结婚这个目的而恋爱，岂有不认真、不慎重，不挑剔一点的道理？

婚姻是人生的大事，结婚一般都只想结一次，所以恋爱的时候，大家都会很严肃、很认真，很想一次就找到自己心中的白马王子或者白雪公主，就像挑衣服一样，肯定想挑一件自己最心仪和最喜欢的。但是恋爱，毕竟不是买衣服，衣服可以试穿，结婚却没有试结的，只能在恋爱中观察和把握，一旦发现不合适，感觉不好，很多人都会选择了放弃。这就是前文说的有那么多的前男友和前女友的原因。

在我看来，追求自己的婚姻幸福无可厚非。理所当然地，恋爱也不一定非得一两次就定终身，谁说我们下班了等公交，就得一定等了一两辆就必须上车呢？我们想等多几辆，看看有没有舒服一点、人少一点、车况好一点的难道有错吗？如果这样也叫花心，那么所有买衣服的女同志岂不也一样花心？

所以我认为，专一是对婚姻的专一，也就是一旦爱上了，认定了，就义无反顾，至死不渝。

而处于恋爱的阶段，其实很多都是在谈，在观察罢了，还说不上是爱。真正的爱，是要经历过一些类似生生死死，或者和生命紧紧相连的深刻事件，这时候才会有爱的体验和爱的资格，否则都是肤浅和浅薄的所谓的“爱”，是绝对经不起考验和折腾的，是没有根基的，往往风一吹，彼此的感情就烟消云散了，是不是这样？

花心还是专一，看你怎么看吧。

恋爱中的男女，我认为不妨花心一点，毕竟婚姻大事，岂能儿戏？

专一，我认为只局限于婚姻，除非缘分确实走到了尽头。

我所看重的浪漫，是慢慢陪你变老的浪漫，我所看重的专一，是相濡以沫的专一，而我所谓的“花心”也只是婚前的花心，那是对美好爱情的无限向往和执着追求。

今天，你专一吗？

昨天，你又花心过吗？

情人

情人，就像那远方的太阳，可望而不可及。

男人们喜欢找情人，可是怎样的人才是好情人呢？周国平说："痴情和知趣才是好情人。"吾虽没有情人，但亦甚以为然！

痴情，则一往情深，柔情似水，相当温柔，好不缠绵；知趣，则自动自觉，既不打扰，也不纠缠，当然明理。此等女子，当然优秀，肯定出众，定是可爱。但哪里找？国平老师说，由此可见男人的自私。言之有理啊！天下谁人又不自私？

哎！还是莫想情人了，想想都是罪过！还是和音乐谈情说爱吧。我觉得，音乐也蛮痴情和知趣的，不是吗？只要你喜欢她，她就常伴左右，只要你轻轻一按，她立马噤声。所以，情人就别想了，倒是可以凭此生发出一段顺口溜：

晨鸡初叫，昏鸦争噪，大家都去红尘闹；路遥遥，水迢迢，功名尽在北京道。今日少年明日老，山，依旧好，人，憔悴了。不是爱情容易凋，自古红颜皆易老。情人这边花正好，挥一挥手，罢了，罢了。

伴侣

小时候，当我们彼此祝福时，都会祝愿大家将来能找到一个终生伴侣。

那时我们还小，为人儿女，却想不明白，为什么父母离异了还要结婚？

我们原以为，爱情是属于我们年轻人的，是属于未婚青年的，你们这些大人，都结过婚了，还有小孩，要什么爱情呢？你们有我们不就行了吗？你们再嫁或者再娶，叫我们怎么办呢？我们会很难堪的！

年纪稍长，我们发现，大人，哪怕是老人，他们也都是需要和渴望爱情的，特别是对于大龄的男士，这种欲望可能更强烈。女士则可能因为生理的不同，而对爱情的企盼没有男士强烈，可还是会对爱情保留一份需要和期盼的。

不管怎样，直到后来，我们明白了一个道理，老人家也是需要和渴望爱情的！其实人都需要一个伴侣，尤其是老年人，他们需要老来相伴的人。

的确如此。

随着年纪的增长，阅历的增加和心智的成熟，对人生和人性增长了深刻的体会和认识，我们越来越发现，我们真的都需要一个伴侣，特别是一个老伴。

可以想象，在垂暮之年，没有老伴的日子一定是孤单的，孤独的，是凄凉的，真有一点“凄凄惨惨戚戚”的味道。

试想想，年轻人都有他们的世界和生活，儿女有儿女的困难和梦想，哪里又有那么多的孝顺子女愿意和父母一起居住和生活？况且我相信，做父母的也不愿意打扰和让孩子们背上一个沉重的包袱。这样一来，老年人有个伴就显得尤为重要。

也正因此，我们看到很多上了年纪的单身人士，也都积极和努力地尝试在找到他们人生的另一半。与其说，他们是为了追寻爱情，倒不如说，是为余下的人生旅程找个伴，找个旅伴，难道不是吗？

这样我们就好理解了，为什么有些人，年纪都那么大了，还要结婚。

看来，结婚不只是属于年轻人，它是属于全人类的，当然也包括老年人。

不过，话又说回来，老年人要找个伴，谈何容易？当然，如果你是成功人士，富贵人家，另当别论。至于普通人，那是很难的，特别是女士，那就更难了！

前些时候，我的一位在香港打工的朋友，年近五十了，早年丧偶，自己带着女儿生活，也想重新组织新的家庭。问其择偶条件，他说要找个还能替他生小孩的。我想，那就是要找35岁以下的，方有可能。超过40岁的，谁还愿意替你生小孩？但要找个35岁以下的，又可以到哪儿找一个与你两情相悦的呢？

一个条件平平的香港打工仔，择偶的条件尚且如此，那其他条件稍好的男士，岂不都要找30岁以下的？如此说来，那些四五十岁的女士，岂不只能找老头？这对她们来说，是多大的困难啊！

唉！没有这样设身处地想一想，都不知道找个伴如此之难！

有伴的人，真好！要好好珍惜啊！

家

家，是一个有生命的东西。

这是今天的收获!

既然家是一个有生命的东西，她就不仅仅是一个场所，可以为你遮风避雨，同时也需要你的呵护和疼爱。当然，她知冷知热，也怕冷怕热，她可以给你温暖，同样会把你冷坏。这要看你对这个家有没有经常打扫、修葺和维护，你投入得够不够，你有没有用心经营。所以，这个家，她的生命到底会长得怎样，丰不丰盈，茂不茂盛，有没有收获，那就看我们自己了，就要看我们是否为她付出了足够的时间和精力。

家，是生命，她需要我们爱护、守护，也需要我们倾注感情。

孩子

你是我的芭比

我是你的爹地

其实，不管你是什么

我都永远地爱你

你是我的甜蜜

我是你的轻骑

其实，不管你是什么

我一切都是为了你

你是我的目的

我是你的小秘

其实，不管你是什么

我一生都会守护着你

你是我的意义

我是你的靠依

其实，不管你是什么

我都会把自己的全部给你

你是我的惦记

我是你的春雨

其实，不管你是什么

我都将永远牵挂着你

心肝啊，宝贝

只要你健康和平安

守你，护你

这就是我全部的使命

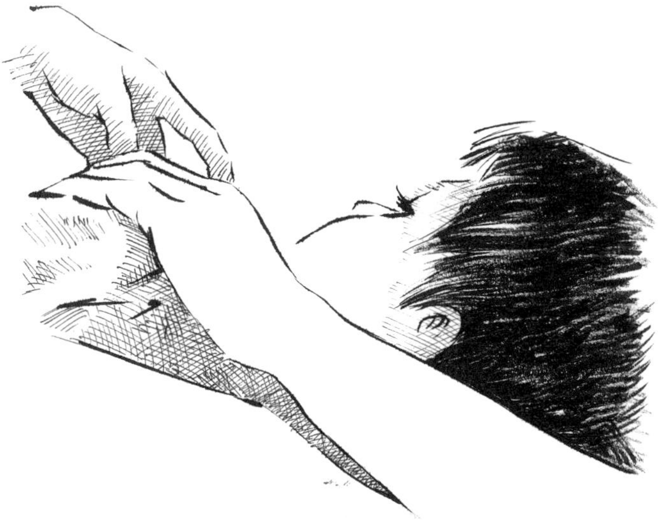

一碗汤的距离

一碗汤的距离，确实应该是现代家庭可以考虑的模式。

父母和已经成家的子女住在一个小房子里，容易引发很多问题，正所谓“相见好，同住难”，这是千真万确的。

怎么办？我们总不能不管父母吧？所以，亲密而有间应该是值得推崇的！这样的距离，就是一碗汤的距离。

朋友们，买房子尽可能和父母兄弟买在同一个小区吧，这样我们就可以互相照应，但又不失自我空间，还减少摩擦，节省交通费，更加没有难以处理的婆媳关系。一碗汤的距离，是不是值得考虑一下？

母亲

母亲又住院了。

医生说这次是个大手术，可以说是伤筋动骨。简单地说就是把膝关节锯断，装上一个人工膝关节。

我听明白了。签字的那刹那，其实是不应该搞得太明白的，因为那除了会增加你的精神负担，对事情并没有多大的帮助。

算上这一次，母亲已经做了大大小小五六次手术了。先是结扎，再后来是胆脂瘤性中耳炎，紧接着切除子宫瘤、胃瘤，治疗痔疮，到这次膝关节置换，真是多灾多难！

母亲所受的灾难绝不止于此，其实，手术之痛只是皮肉之痛，心灵、精神之痛才是真痛。

自从嫁了我爸之后，母亲就没有过上好日子，我爸生下我们兄妹俩后就逃港了，人走了，钱也没寄回，从此，抚养我们兄妹俩的重担就落在了母亲一个人的肩上。

本来，有人给母亲介绍了对象，母亲起初也想带着我们再嫁，后来，担心改嫁对我们兄妹俩不好，也就作罢了。母亲从此就“守活寡”了，直到十多年以后，父亲才回来了，我的第二个妹妹也就这样出生了，可后来他又走了，基本上再也没回来过。

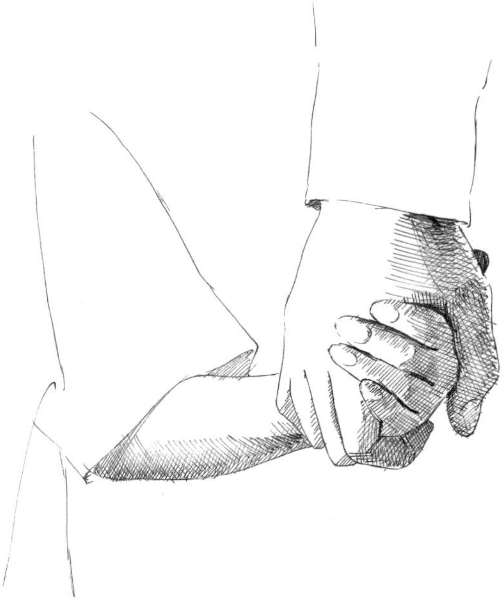

就这样，母亲要抚养三个小孩。要知道，在那个年代，家里没有男人是要被欺负的。记得有一次，邻居欺负我们兄妹，母亲气不过，就和他们吵了起来，那家的男人竟然要动手打母亲，幸亏其他邻居劝开了，但母亲还是挨打了；又有一次，因为插秧起争执，村里生产队长夫人欺负母亲，和母亲在田里扭打在一起，我赶紧去搬救兵——爷爷和叔叔，当他们赶过来时，生产队长正气势汹汹要打要杀，幸亏村民们劝阻，事情才慢慢平息下来。

我们家被欺负的事情还有很多，那时，我总想：爸在家就好了，最好还有个哥哥……

母亲就是这样坚强！不管生活有多困苦，更不说要经受多少精神上和肉体上的折磨，始终默默地承受，打孩提时，我就没有见过母亲愁眉苦脸和哭泣，当然也很少见到她笑，毕竟开心的事太少太少了，我所看到的是母亲的坚持与忍耐，是她一定要把孩子抚养成人的执着与坚强……

看着母亲从病床上下来练习走路，一拐一拐的，我很想去搀扶她，但母亲说不用，医生嘱咐她要多练习自己走路。看着母亲艰难地走在医院的走廊上，背已经有点弯了，她仿佛一下老了许多，但她还是那样坚强，脸上没有痛苦的表情，眼上也只有希望……

作为儿子，我忽然感到愧疚，因为这些年，我也有自己的苦楚和重担，对母亲的关心和照料也不像往常一样多了，想着想着，母亲已经向我步履蹒跚地走来，还是那样坚强，那样执着……

我在想：母亲您这辈子快乐吗？你能原谅儿子还不够孝顺吗？

目送

读龙应台的《目送》，有一句话让人唏嘘："父母子女一场，所谓的缘分，最终都不过是不断的目送。"确实如此！

这一幕幕的目送，道出了多少心酸，多少不舍，多少的牵挂与无奈，多少的付出与离愁别绪？

可怜天下父母心，儿行千里母担忧啊！……

母亲当然会比较心疼自己孩子，父亲也不是冷漠的，他对孩子同样疼爱，只是表达的方式不一样。

父爱如山。你看过朱自清的《背影》吗？父亲的背影其实也是高大的！

在电影《亲爱的》中，我看到了一个为了寻找孩子的父亲，不屈不挠地坚持，演员黄渤把父亲的爱写在脸上。

父母目送孩子，多少总是依依不舍，总是含情脉脉，情深款款，总是千言万语，眼泪汪汪……

有时，孩子目送父母也不是好受的！

当你看到年迈的父母渐渐老去，驼着背，弓着腰，渐行渐远……我们何其愧疚，何其自责？

这个时候，男儿有泪也轻弹啊！

目送，最不忍的就是这渐行渐远的一幕……

每天都是母亲节

今天就是母亲节，天公不作美，下了一整天的雨，淅淅沥沥的，整个人都提不起劲来，多少有点触景伤情的感觉。

对着大雨，除了发呆，我想起了我那年迈的老母亲，当然也想起了天下所有的母亲。在内心深处，我真诚地祝福天下所有的母亲，当然也包括我的母亲，祝她们母亲节快乐！

我们都希望母亲快乐，可母亲怎样才会快乐呢？

是请她们出去吃顿饭？又或者送她们一束鲜花？还是给她们一点钱？

当然，这些母亲都会喜欢，可是，如果我们只在母亲节这天才对母亲好，只在这天尽孝，平时却不闻不问，又或者不关心和不陪伴她们。这样的孝顺，到底又有什么意义？

所以我一直觉得，实质重于形式。还是实际一点好。孝敬母亲，要从平时做起，从一点一滴开始坚持，这世界难就难在坚持，每天对母亲好，每天都是母亲节。

其实，母亲最需要的是什么？是我们做儿女的都好好的，爱惜自己的身体，珍惜生命。

想到这里，我明白了什么是母爱，也理解到爱就是宽容、守护和牵挂。

在这个伟大的节日，衷心祝愿我们伟大的母亲都健康、长寿和快乐。

妈妈，我们爱你！

母亲节快乐！

父亲节快乐

俗话说，“天下无不是之父母”，还说“虎毒不吃子”，都是说做父母的，怎么做都是对的。

你可能有一个好的家庭，有一双无不是的父母，如果是这样，真的要恭喜你，因为你享受了人间有爱，也享受了天伦之乐。但是，也不是每个家庭都如此，也不是每个人都能感受到如山父爱的。古时就有一个拍马屁的人，听说皇上没有吃过人肉而回去把儿子烹了给皇上享用。现在，我也常看到一些父亲整日只顾自己胡混，毫无责任感和慈爱之心的，对于这些家庭，这样的孩子，我们又能说什么呢？作为父亲，我们是否都能像朱自清的老父那样，留下厚重的背影，这是我们每个父亲都应该严肃对待的事情……

今天是父亲节，铺天盖地的朋友圈都在颂扬父亲，但作为父亲的男同志，是否又有点感到惭愧？

朱老先生的背影是厚重的，这么多年以后，我们还能看到他的身影，虽说是幸事，但也多少能引起我们一些做父亲的自惭形秽，不是吗？

但愿天下真的没有不是的父母，我们都能给子女留下一个伟岸而厚重的背影，也好为他们继续遮风挡雨，守护平安。

父亲节快乐！

敬老·尊老·爱老

老人有时让人挺烦恼的。

他们节省，固执，唠叨，有时还很小孩子气，没有自知之明，还经常多管闲事，总之毛病多多。

俗话说得对，“相见好，同住难”。

和老人和平相处，确实不是一件容易的事，这需要宽容和耐心。

所以，如果一个人能够和他的老一辈同住一个屋檐下，那应该是他付出努力的结果，从这个意义上来说，他已经很孝顺了！

对于孝，我们可能有不同的理解，但有一点肯定可以达成，那就是，我们对父母一辈的爱，怎么也比不上对自己子女的爱。

为什么我们可以毫不保留地爱自己的子女，甚至牺牲自己也在所不惜？而对于给予父母的爱，我们却又吝啬得多？

其实，孩子更不懂事，更多毛病，有时甚至还很惹人烦，惹人生气，但我们却可以包容他们，原谅他们。而对于老人呢？我们却总是表现出不耐烦、不高兴、不能接受和包容。

为什么呢？

说来说去，还是因为我们自私！

子女，是我们生命的延续，他们是我们生命的一部分，所以爱子女就像爱我们自己的生命一样。但对于父母，就不一样了，总觉得他们是他们，我们是我们，我们接受他们的爱是理所当然的，而他们对我们的付出则是天经地义的。

我有时在想，我们并不欠子女的，为什么还是心甘情愿地付出？相反地，父母却不同，可以说没有他们就没有我们自己，我们理应感恩和报恩，但恰恰相反，我们在这个问题上，做得还远远不够。

有时，我不是很理解那些去做义工的人，他们对一个毫不相干的人可以表现出爱和热情，那么他对于自己的父母和家里的老人也是这样充满爱和热情吗？

如果一个人连自己的父母都不孝顺，对家里老人从来没有好脾气，他可以对陌生人付出爱心和善心吗？

所以，对老人好，孝顺父母这不仅仅是中国人的一种传统美德，更反映了一个人的修养，教养和涵养，是一个人有没有文化，文不文明，具不具有善心和爱心的具体体现。

幼吾幼以及人之幼，老吾老以及人之老。毕竟，是人都会老。何况老人对我们有恩啊！

一个不懂得报恩的人，你能说他有多善良吗？这样的人，学历再高，也没有文化。

从前，我害怕老人坏了我的形象，对他们若即若离，如今我见到他们就会上前搀扶一把，因为我觉得，只有这个时候，我才是可爱和高尚的。

同志们，谁都不想“老”，老和少一样都有很多毛病，老人家都不容易啊！我们可以原谅小孩，为什么不能接纳和宽容老人呢？

我们可以去做义工，笑脸迎人，也可以先把这一份爱心献给家里的老人。他们和我们血肉相连，更加亲厚。

做一两天的义工容易，做一辈子的义工才有意义，那就是天天都对我们自家的老人好，行善积福，善莫大焉！

愿我们都学着做一个敬老，尊老，爱老的人！

老人，想对你们说：我们爱你！

假如爱有天意

假如爱有天意
李健的歌就像一根刺
深深地扎在了你的记忆里

假如爱有天意
年老的我们偶然会想起
什么时候可以像“四哥”那样牛B

假如爱有天意
和旧情人的相见
就一定不是什么好的际遇

假如爱有天意
我一定会祈求上苍
就让我们永远只有爱的甜蜜

假如爱有天意

一定还会有另外一个人

和我们一样把李健的歌放飞天际

假如爱有天意

我还能说什么呢?

一切都是最好的缘聚……

当我想你的时候

当我想你的时候，
我会悄悄地把你关注，
不需要你知道，
只希望你依然如故。

当我想你的时候，
我会听一首不老的情歌，
那里会有我全部的爱，
每一个音符都是生命的付出。

当我想你的时候，
我会走在无人的海边，
就这样静静地呆着，
任凭海风吹起心海里的浪花，
它们都是我对你深沉的祝福。

当我想你的时候，

我喜欢一个去散步，

什么都可以想，

什么也都可以不想，

就是喜欢这样和你在一起的感觉。

当我想你的时候，

我只能静静地写一点东西，

写写此刻的感受，

想想记忆中的你，

每一行文字都浸透着温馨和甜蜜。

当我想你的时候 ，

不管你知不知道，

也不管你是否明白，

在我的内心深处，

我们已经永远地在一起。

当我想你的时候，

不需要你知道，

也不需要你明白，

更不需要据你为己有，

只希望还能时不时地把你想起。

我想告诉你

我想告诉你，
虽然我们没能在一起，
但曾经的记忆，
一直都在脑海里。

我想告诉你，
虽然我们不曾联系，
但其实内心里，
从来就不曾忘记。

我想告诉你，
任凭时间怎样的过去，
爱的经历，
都是深刻和美丽。

我想告诉你，
在爱的世界里，

没有对和错，
只有能不能够在一起。

我想告诉你，
无论在不在一起，
只要真的爱过，
我们就是活在春天里。

我想告诉你，
当生命进入了隆冬，
一切爱与不爱、在没在一起，
都显得苍白和无力。

我想告诉你，
人活到最后，
最最宝贵的，
也就是还能美美地想起……

调侃婚姻

今天看到几位哲人智者调侃婚姻，读之甚欢，值得细细品味。

周国平说，一个结了婚的男人，假如他竟然赞美婚姻，则简直是公开暴露他的愚蠢。

蒙田则说，美好的婚姻都是由视而不见的妻子和充耳不闻的丈夫组成。

斯威夫特这样说，不要试图在婚姻中寻找天堂，天堂中有什么我们不知道，但没有什么我们却很清楚。

拜伦会告诉你，一切悲剧皆因死亡而结束，一切喜剧皆因婚姻而告终。

还有一个法国人说，夫妻两人总是按照他们中比较平庸的一人的水平生活的。

林语堂是这样评价的，所谓美满婚姻，不过是夫妇彼此迁就和习惯的结果，就像一双旧鞋，穿久了便变得合脚。

萧伯纳这样调侃，太太未死，谁能对此说老实话。

呵呵，是不是很有趣？婚姻，竟能品出千种味道。可能是因为，女人也是千种风情，婀娜多姿，气象万千吧？

我当然不是智者，况且老婆健在，当然也就没资格调侃了。

婚姻，到底味道如何？还是要自己尝尝才知道，别人说的，那都是别人的评价。

既然，我们都搭上了人生这趟列车，旅途也是蛮丰富的，景色其实也不错，反正你也看不完，观不尽，到婚姻这个驿站歇歇脚，吹吹风，或许也是个不错的选择。

婚姻，你好！

旧情人

但凡恋爱过的人，就会有旧情人。

旧情人是个什么东西呢?

我想了想，其实她就是我们生命中遇到过的人，和我们有过比较热烈或亲密的交集，就像是我们旅行中停留过的景点，只是印象可能比较深刻。但时过境迁，终究都是云淡风轻，过眼云烟罢了。没有必要留恋，也没有必要耿耿于怀，当然，可以缅怀。

事实上，到头来，除了回忆，我们什么都不曾经拥有过，不是吗?所以，旧情人其实就是用来缅怀，用来回忆的。我们千万不要试图回到从前，那根本不可能，也是不现实的，更加不是美好的。什么破镜重圆、旧情复炽，那都是鬼话，除非是刚刚分手，否则随着时间的流逝，一切都已烟消云散，心如止水了，又哪来的激情和冲动?如果你还确实保留了当初的纯真和热烈，那也将是一厢情愿，热脸贴上冷屁股，自讨没趣罢了。

有时，我们或许会想见见旧情人，主要是心里还有她的位置，毕竟深刻嘛。但其实和我们想回到从前的一个故地看看没什么两样，都是对从前的经历和美好事物的一种追忆，因为过去，特别是我们亲历的印象深刻的过去，都会带来美好和有滋味的回忆，岂能不想故地重游？

但是，请不要忘了，时过境迁，早就物是人非了。况且，故地重游还可能没什么变样，感觉还在，物事还在，睹物思人，感觉虽然唏嘘，但可以追忆可能都是美好的。唯独旧情人却不一样，若干年以后，再见旧情人，你一定会发现，昔日那个美丽可爱的人哪里去了？眼前人怎么如此陌生？和以前的那个人怎么也对不上。这时你会发现，美好的回忆一下荡然无存。不如不见，不见至少还可以思念。想念也是美的。思念一个人，想到肝肠寸断，欲罢不能。那种滋味，其实也是人生中不可多得的美味，它和甜滋滋不同，酸酸的，也是别有一番滋味啊！

总之，旧情人是用来怀念的，不如不见，不见或许还可以思念，在心里面，有那么一个人，总是可以让你思念和牵挂，其实也未尝不是一件美事、憾事。有的东西，不是拥有了才会美，恰恰相反，因为失去，那种得不到的遗憾，往往能让你回味一辈子，珍惜一辈子。所谓的永恒，也往往存在于此。

所以，再见了，我们曾经的爱。永别了，旧情人！就让她永远留在我们心里吧！

你不再见，便是永恒！

结婚与离婚

这可能就是传说中的鸳鸯吧？它们经常在一起都是一双一对的，而且还会飞，在水里的时候悠哉游哉，非常休闲，也很优雅，仿佛它们是天生一对的。

这让我想到我们的人类，似乎也是一双一对的，一夫一妻嘛。当然也有例外的，但这不在我们讨论的范围。

今天刚好有朋友去参加婚礼，拍了很多照片，放在朋友圈，我看了一下，新郎新娘好像挺般配的，就像眼前的这对鸳鸯，祝福他们吧！

这对新郎新娘与鸳鸯不同的是，鸳鸯可能没什么结婚仪式，它们不知怎样定情，如何订终身的？它们到底又会相爱、相守多久呢？它们也会结婚、离婚吗？

这就复杂了。

不知鸳鸯是否也会离婚？我想，如果它们也会离婚，应该会给我们很多有益的启示，不是吗？

其实，离婚也没什么可怕的，当然也不是什么大不了的，毕竟，有结就有可能离嘛。如果真的那么可怕，那怎么还会有那么多的人天天盼望着结婚？因此，说明大家都不怕离婚。缘尽了，自然该离。

其实离婚也没什么，离过婚的人，一定更懂爱，更懂得夫妻相处之道，更懂得婚姻、家庭、爱情之间的关系和真谛，他们对爱的认识，一定更加深刻。从某种意义上来说，就像失过恋才叫恋爱过。谁说爱的滋味都是甜蜜的。如果没有失过恋，谁能全面、深刻地认识爱的滋味呢？如果你品尝到了爱的味道，都是甜蜜的，那么我要跟你说，错了！搞错了！也可惜了！

同样，没有离过婚，在爱情婚姻这条道路上，我们收获的滋味，一定比离过婚的人，要少得多，肤浅得多，肯定没有那么深刻和刻骨铭心。

虽然是这样，但我们仍然没有必要试图通过离婚去理解婚姻，毕竟，伤害太大了。特别是对孩子的伤害尤甚，我们能忍心吗？更何况，你怎么知道下一次的婚姻，就一定胜过这一次呢？你又怎能肯定，后人一定比前人好呢？难道，你要一次一次地去试，去寻觅？你有多少个心可以破碎？

所以，算了吧。就别轻易离婚了，代价和成本都很大。除非，你们真的过不下去了，否则，我们宁可在这方面，认识和体验都肤浅一点，味道清淡一点，哪怕寡淡一点，也尽可能不要遍体鳞伤，痛苦而又疲惫不堪，不是吗？

不过，该离的，还是要离的，毕竟旧的不去，新的不来。

打定主意不离的，就别离了。相濡以沫，白头偕老，也是一件很浪漫的事，也是挺美的！

总之，祝天下有情人终成眷属吧！就像眼前这对鸳鸯，希望它们恩爱到老。

所谓幸福

什么是幸福？

幸福，往往是和感觉联系在一起的，所以叫幸福感。也就是说，幸福是一种感觉。既然是一种感觉，那就不应该和金钱、名誉、地位、权力等有太多必然的联系。

不是只有有钱有势的人，富贵的人才会有幸福感的，很多穷人也常常可以开开心心、嘻嘻哈哈地过日子，而老和尚、得道高僧，有信仰的人，往往还给人以非常充盈、满足、愉悦的感觉，当然也是幸福满满啦。

所以，幸福真的和金钱没有太多的必然联系。

那么，我们向往幸福吗？

当然！谁不希望过上幸福的生活？

只是，我们有时真的太糊涂了，太粗心了，竟然忘了：幸福只是一种感觉而已。

感觉这东西，关键是看你怎么想，怎么看。是一种思维，一种观念，一种认知。所以，我们只要感觉对了，幸福自然也就来了，并没有太复杂的东西，并不是想象的那么难。跟着感觉走就行，自己感觉好就行，无所谓有钱没钱。关键是，我们要认识幸福，了解幸福，知道幸福。这样，幸福就来了。

其实，幸福就这么简单。

当然，有的人会不同意，不以为然，但这不要紧，因为价值观不同，想法不同罢了。

所以，无论怎样，追求我们自己向往的，渴望的，梦寐以求的，这就对了。那就是我们幸福的方向！

幸福，其实一直都住在我们心里，它就在我们面前，看得见，摸得着，听得到，绝对是可望也可及。

今晚，我们就一起去敲幸福之门吧！

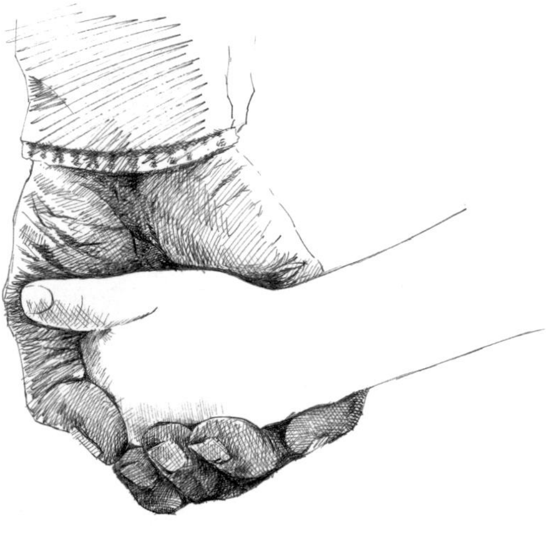

生命·爱情·自由

远看自由神像，确实觉得伟岸和高大，但走近时，竟觉得如此矮小。可能是因为它立在海平面的岛上吧，也可能是视线造成的错觉。

看到它就想到了自由。

裴多菲有一首短诗流传甚广："生命诚可贵，爱情价更高，若为自由故，两者皆可抛。"现在想来，这简直是胡说八道！生命都没有了，还要什么自由？更谈不上爱情。应该改为，自由诚可贵，爱情价更高，若为活命故，两者皆可抛。

可能你会觉得我贪生怕死。是的，我是贪生怕死，这我一点都不否认。为什么不能贪生呢？

属于我们的生命只有一次，有什么理由不珍惜生命？死有重于泰山，或轻于鸿毛，如果我们能选择重于泰山的方式，当然不选择轻于鸿毛。可是，怎样的死才是重于泰山呢？为自由还是为爱情？我认为这些选择都是渺小的。再自由也飞不出宇宙，再甜蜜的爱情也承受不了生命之重！

所以，怎么能随便把生命抛诸脑后？

世界上的事，除了生死都是小事。仓央嘉措也说过，都是闲事。难道不是吗？

是的，对于生命，我们只能珍惜，珍重。

生命是可以牺牲，但我只为我爱的人！当然也可以为我深爱的祖国——母亲。

不是我标榜自己有多伟大，而是生命确实应该死得轰轰烈烈，死得其所，或者说死得有价值和有意义。

活着当然美好，但活过了一次也就行了。100年的寿命和70岁、50岁又有多大的区别？苟且活到百岁，难道比敢于为自己追求的价值牺牲的五十岁更有意义？

当然，我想活下去，我是贪生怕死的。但为了我所爱的人，为了国家和民族的需要，我这条小命，也是可以随时拿去的，决不含糊，决不贪生。

活着，对我来说，是美好的！我想多活，也愿意多活，但前提是必须健康地活着。没有健康，毋宁死！

为了所谓的自由，为了所谓的爱情，我绝不会把生命轻易地抛弃。

自由，是可贵，但心灵的自由，才是自由！

爱情，当然美好，也让人向往，但爱情从来就不一定是甜蜜和必须占有的。

美好的、甜蜜而深刻的爱情，同样可以存于心底，存于脑海里、记忆中……

自由，我向往心灵的自由！

爱情，我享受它存于心中的美好！

生命，我珍之惜之爱之，也可以献之！

原来，真的爱你

这几天，央视新闻台开辟了一个新节目——“江山多娇”。每当节目开始，小提琴就奏响《我爱你，中国》，旋律悠扬，感情充沛，配以祖国山川宏伟壮丽的画面，让人不禁心潮澎湃，实在太让人激动了！

从前，我也听过《我爱你，中国》很多次，但从没有如此激动的感觉，那种心潮澎湃的感觉，此起彼伏。感情的流水，仿佛随着优美的小提琴声，带着我游遍了祖国的山河，穿越了历史，引领我思考未来，思考人生……

原来，用小提琴演奏《我爱你，中国》的效果，竟可以那样优美，声声入耳，沁人心脾，使人产生共鸣，让人久久不能平静！

原来，国庆期间不出游，安坐家中也可以游遍祖国的大好河山，也能领略大自然风光和人文景观的美丽，感叹江山如此多娇……

原来，随着年龄的增长，阅历的增加，我们对祖国的感情和对家人，亲朋好友的感情也变得一样，只会更丰富，只有更浓烈，只会有增无减，并且与日俱增……

原来，我真的爱你——我的祖国。

生活点滴

Zhang

2

我的深大
生活
流星
美景在心
超级月亮
除夕
跨年夜
明月烟花伴元宵
如果没有愚人节
生日快乐
串　门
窗外
母亲节快乐
散步
秋天来了
重阳登山
天赋
丁克
房与家
接新娘
分房睡
打麻将
想对餐桌陋习说再见
有感于罗一笑事件
让座
自负狂
情商的高与低
批评，争论及其对象
朋友圈的自白
亲密无间和同甘共苦
关于孤单
收获成长，喜得进步

我的深大

我是一个新生

结束了中学生涯，终于走进了大学时代。

记得报到的第一天，心里眼里都充满了喜悦、好奇、新鲜、向往和期待……

第一感觉就是，这个大学好大啊！怎么比我们的中学大那么多？后来听说，深大校园有一平方公里，难怪看起来这么大，够我走很久很久……

作为新生，刚开始是有点担心的，因为一切都是陌生的。还好有师兄师姐充当新生服务员来迎接我们，他们组成了一个庞大的服务队伍，齐聚新生服务中心。他们亲切、热情、周到，笑容可掬，真让我们有宾至如归的感觉，打消了我们很多的顾虑和担忧，使我们很快就适应了大学的生活，也比较容易地进入学习状态。

看来，我们的整个人生，其实都是需要导师的，导师会让我们事半功倍，少走很多弯路。当然，这需要我们自始至终都怀着谦卑的心态和肯下苦功学习。否则，靠自己摸索，总是难免要走些弯路和摔跟斗的。

我当上了新生服务员

不知不觉间，我已经大二了，这一年我当上一名光荣的新生服务员，我可以服务新生了。

当上新生服务员，意味着我不仅长大了一岁，而且已经是一个大学二年级的“老生”了。作为“老生”，我还是对校园生活充满热情的。我争取当上一名新生服务员就是最好的例证，在服务新生的过程中，我们找到了自己的价值和满足感。当然还有的同学找到了男女朋友，甚至是他们的终生伴侣，你说神不神奇，好不好玩？所以，当新生服务员，可以说是我们大二学生的心愿和美好追求。后来，大三时，我还当上了新生服务中心的主任，领导着这庞大的新生服务队伍，这是多大的光荣和美事！

恋爱是我们的必修课

上了大学，我们很多同学都开始谈恋爱了。

当然，恋爱不代表他们将来都能成功走进婚姻的殿堂，但恋爱确实会让我们成长。因为这爱的过程，不仅有甜蜜、酸楚，还有痛苦和伤心，更有爱恨情仇和泪水交积在一起，它会磨炼我们的意志，锻炼我们的心智，为人生打下基础。

我总觉得，未经失恋都不能叫恋爱过，没有失恋的人生都是不完整的人生，也正因此，我认为大学生都应当恋爱和可以恋爱，而且还应该爱得轰烈，爱得炽热。哪怕是爱得痛苦，爱得要生要死，都应该好好地爱一次。

不要说大学生就只应该好好读书。读书，当然应该是我们大学生活的一部分或者说是主要部分，但绝对不是全部。恋爱也应当成为大学生活的必修课。现在回想起来，我非常庆幸和感谢我在大学上过这一课，每每想起，总是感恩和怀念，一切都那么美好，那么意犹未尽……

不论成败，不论甜苦，不论是非，只觉得一旦拥有，受用终生，回忆无限……

学生会是我们的第二课堂

深大的学生会主席是直选的，什么意思？就是由全校的学生一人一票竞选投票产生的，由上千人选出来的学生会主席，想想都觉得很自豪。

大一刚入学时，就听说学生会的主席是林培汉学长，他组了一个竞选团最终击败了其他对手脱颖而出。一人一票选出来的学生会主席，多牛啊！我当时好生向往，也不知这位学长长啥模样？我对他甚是好奇，其实更多的是崇拜。

终于，在一个偶然的机会下认识和接触到了这位主席，他不算高大，但却玉树临风，意气风发，英俊潇洒，在大学生中当然是偶像级的。

后来，我加入了学生会，从此成了学生会的一名干事。

可以说，林主席是我大学的第一个导师，因为先前的我仅仅是一个学生，只有进了学生会，我才多了一个角色，既是学生，也是工作人员，是学生会的工作人员。可别小看我们这个学生会，我们有组织，一大帮同学，有经费，有好多活动和工作，确实很锻炼人。自从跟随林主席工作，我算是一脚走进了社会，当然也在这潜移默化和彼此合作共事中成长，从此不再幼稚和天真，也少了无知和傻气。

学生会是我大学生活的一部分，也可以说是我实践的第二课堂。

罗校长是我们的良师益友

说起罗校长，就是那个要我们叫他为罗老师的罗征启校长。

我们都尊称他为罗老师。罗老师是深大的创校领导，是清华党委原副书记。当年，他带着一帮清华和其他大学的老师创办了深大。

作为深大的学生，是幸福的，因为老师们常说，校长爱学生甚于爱老师。

确实如此。因为干学生会工作的缘故，我们接触罗老师还是比较多的。因此，罗老师就成为了我们的良师益友，他是我大学阶段的第二个人生导师。

罗老师正直、睿智，刚正不阿，多少有点知识分子的清高和铮铮铁骨，但平易近人、和蔼可亲，非常慈祥，也很健谈。他会和我们谈工作，谈学习，谈人生，还谈改革。

罗老师就是一个改革家，当年他创办深大的时候，就引进了一系列西方现代教育的理念和举措，后来这些包括学分制，勤工俭学等新的东西，最后都被广泛地采纳和推广实行，事实证明，罗老师是一个很有远见卓识和改革魄力的教育家、改革家，又是同学们的良师益友。

读大学到底学到了什么？

四年的大学生活到底让我们学到了什么？

我们确实学到了很多。除了书本上的知识，我们作为一名深大学生，可能学到了比别的大学生更多的书本上所没有的知识，也培养了自立、自律、自强的品质，也就是我们的校训，是深大的三自精神。

首先讲讲自立。深大提供了很多勤工俭学的机会，也有奖学金，所以我们很多同学基本上都是可以“半工读”的，学费和生活费都是可以或者可能自理的。经济上的自立其实还是其次，更重要的是个人的自立，也就是说，我们上大学后已经不再依赖父母、大人们了，我们可以独立生活，自己照顾好自己。

其次是自律，我们上课是不点名的，没有固定的班，没有班主任，也没有班干部，一切都只能靠自我管理。自己选课，自己找课室，自己做作业，自己进图书馆，自己晚自修，总之没人管你，要想毕业就得拿到学分，要拿到学分就得靠自己努力，这和中学时代完全不一样，我们只能自己管理自己，自己照顾自己了，这当然需要靠自律。

最后是自强，深大为学生提供了很多竞赛的机会，有课内的也有课外的，奖学金也是通过竞争获取的，还允许修双学位，这要求学生要学会自强。我们当年毕业是不包分配的，这在当年可以说是开创性的，当时我们就有点担心，也就是说，作为大学毕业生是有压力的，怕毕业后找不到工作啊！所以，在学校时，我们就未雨绸缪，要考虑将来如何和工作接轨，这必然又要求我们在校时，要多选修一些与未来的工作实际相关的课程。否则，何以在就业中脱颖而出？因此，我们只能学会自强。这也是深大学生为什么毕业后应对工作普遍上手比较快，头脑又比较灵活的缘故。

深大的故事实在太多了！回忆是无限美好的，如今想来，仍然历历在目，学长和老师是那样的亲切、友善；校园又是多么的美好、漂亮，大学的生活丰富而多彩，色彩斑斓极了，温馨又浪漫。我着实怀念我的大学生活，也珍爱我的青春岁月，更思念那养我育我的母校……

我的深大，我爱你！

生活

什么是生活？

有时，我真搞不懂什么是生活！

我们现在每天这样活着就是生活吗？

我不知道。但每当我在工厂看到工人们正机械地忘我工作的时候，我可以肯定地告诉你，那一定不是生活！那只是工作。

那我们的工作，又是不是生活呢？

这要问你自己。如果你也没搞懂，那说明你真的太忙了！忙到心都死了，忙到自己都没有时间和自己聊天，连问问自己的时间都没有，不是吗？

至于我，我也在思考。

当然，我们活在这个世上，肯定不是为了工作的。什么是生活？我们的生活应该怎样？这个问题，真的要好好想一想！

诚然，为了生存，我们不得不工作，所以有时工作，就成了我们的生活。而我们的生活，又仿佛只有工作，如此反复循环，最后我们竟然忘了我们来到这个世界的初衷。

我们不是来工作，我们是来生活的！可是什么是我们需要和追求的生活呢？难道我们目前的状态没有变得更好的可能和余地吗？

不是的，肯定不是的！

至少，我理解的生活，应该是这样的：

一是要有趣，如果没有趣味，还叫什么生活？二是要有味，味道是衡量我们生活质量的一个很重要标准；三是要有闲，生活一定不能忙，忙则心死，心死则无知，无知则无感，无感则无趣，也无味，就只有累，累死就是了；四是要有度，就是不能低俗，不能庸俗，不能太过功利和声色犬马，凡事应尽可能高贵和丰富，优雅而随性，轻松和自在。

我能想到的生活，就应该是这样的。如果不是这样，那我们是不是要好好想一想，想想我们的生活，想想我们的日子，到底还有那些可以改善的地方？

流星

今晚散步的时候，仰望星空，竟然看到了流星飞逝，这实在让我意外，当然，意外当中也包含了一点惊讶，一点狂喜，甚至是激动和着迷。

每走出几步，就要抬头仰望，总希望再看到流星的倩影，可惜，再也没有看到了……

人们说，在看到流星的时候许愿是很灵的。我就想，这是真的吗？我要不要也许一个？可是来不及了，等我反应过来，流星早就飞逝了。而且，我在想，如果我也学着许愿，会不会是一种幼稚的行为，或者是迷信？

管人家怎么想，遵循自己内心的想法就够了，不是吗？哪怕幼稚又何妨？幼稚，有时代表的是童心未泯，如果像我们这样的年纪，还能保持一份童真，不也很难得吗？至于说迷信，那就更说不上了，如果说仰望星空，对上苍，对宇宙，对大自然，有一种发自内心真诚的敬畏和崇拜，这也算一种迷信的话，那我宁可迷信一辈子，敬畏一辈子，崇拜一辈子！

流星飞逝，虽然短暂，但它划过天空的那一刹那，非常耀眼，着实美丽，让人印象深刻。对于我来说，只要活着，就是永恒，万物永存，也是美丽的！……

我忽然想起，流星还有另外一种降临的形式，也传说中的流星雨。这个我还真没看过，想想都已经美得不得了，更不要说亲身目睹。

所以说，遇见是美丽的。流星因为短暂的飞逝，即使只有一刹那，已经成就了永恒的美。

这就好比初恋，初次的遇见，即使没有什么所谓的结果，哪怕不怎么甜蜜，甚至可能是苦涩和酸楚的，但因为是初见，不也是永恒、美丽和深刻的吗？所谓："人生若只如初见，何事秋风悲画扇。等闲变却故人心，却道故心人易变。"

所以，初见流星，如同初恋，那就许愿吧！

美景在心

景是美景，人却不同，心有千结。

良辰美景，物是人非，桃花安在？

景美与否，不在于人，而在于心！

心思没有，兴趣全无，索然无味。

纵然美景，泪眼蒙眬，何美之有？

此情此景，冰天雪地，寒气逼人。

我心所愿，阳光普照，春意盎然。

抬头仰望，只求苍天，雪化光来！

超级月亮

一轮明月挂天边，
又大又圆蛮新鲜。
抬头驻足拍个照，
不见月兔见霞烟。

除夕

炮竹一声除旧岁，

新桃来唤人不悴，

孩子蹦跳展新衣，

岁岁平安是宝贝。

跨年夜

跨年夜，难大同，场内激情澎湃闹哄哄；
电视前，直播中，场外心如止水静空空；
问为何，谁人懂？岁月如歌似水流通通；
大除夕，心千重，明日花开是否红彤彤？

明月烟花伴元宵

今天是元宵节。

晚上的月亮圆得好像过中秋一样。

在小区里散步，周围鞭炮声隆隆，烟花升起在夜晚的天空中，然后一声爆响，光花四射，流光溢彩。虽然只是一瞬，但也光彩照人，明亮艳丽，给人带来希望和期待。

我想，这烟花和我们的人生多么相似啊！

不管你怎么成功，怎么星光灿烂，又或者怎么青春无敌，美艳动人，最终也不过是长河落日，烟消云散……

是啊，都会过去的。都会挥一挥手，说再见……

其实也没什么，不要以为这有多悲情。生命就是这样，大自然的法则就是如此，多符合自然规律啊！

所以，顺其自然，随遇而安，坦然处之，是最好的生活态度。

说起来容易，但顺其自然确实需要道行。知行合一，何其难哉！

有时想想，其实死也不是那么可怕！不就是睡着了，永远地睡着了……

这有什么可怕呢？好好过好每一天吧！可怕的不是死，而是死得不够痛快。

如果人能够在不知不觉中，在睡梦中，或者没有痛苦地走了，这何尝不是一种幸福？

来过就好！爱过，恨过，足矣！

当然，如果我们的生命能够更精彩一点，更灿烂一点，就像这盛开的烟花，即使一瞬间，也是使人怀念和赞叹的。生命如此，夫复何求？

无论如何，我们是不可能像这明月一样的了！

你看她多光彩照人！历经千年一如初见。我们的这轮明月，秦时已是这副模样，真是不老……

说到老，我们都会有老的一天，当然不可能像这轮明月一样，千年以来风采如旧，只期望当我们垂垂老矣，不要成为别人的包袱，不要成为孩子们的负累，如此足矣！然后来个痛快的，最好就是在睡梦中，如同回家一样，这岂不最好！

但愿如此吧！

如果没有愚人节

风继续吹，哥哥却已走远……
他拒绝再玩和倩女幽魂去了，
还记得我们之间的当年情，
他的侧面是那样的深刻。
在那黑色午夜，
我能感受到他和梅艳芳的似水流年，
风再起时，我们都沉默是金……
不知天国那边还有谁与他共鸣？
如果没有愚人节，我会说：
我愿意！

生日快乐

生日快乐，这是我们过生日时最常听见的祝福。

虽说只有简单的四个字，不同的人听到，会领会出其中不同的内涵，产生不同的感受。

年轻人听到“生日快乐”，一般都很兴奋，因为又长一岁了，意味着长大成人，走向成熟，很快就可以做“大人”了；年长的人听到“生日快乐”，一般只会增添几分忧愁，因为又“老”了一岁，意味着生理功能衰退，青春消逝，多少有点悲伤，有点不舍，有点无奈……

如果这一句“生日快乐”是来自情人、恋人的祝福，倒也可能收获温馨和甜蜜；但我更享受孩子在我不在意时的一声祝福，如果是第一次，那就显得更为温馨和珍贵，能让人收获幸福…

记得有一个关于“生日快乐”的故事，讲的是一对恋人，男主角总会在女主角生日那天，给她送上一句“生日快乐”，哪怕是分手后，他仍然会在那天给她送上一句深情的“生日快乐”。后来，男主角因患不治之症而离开人世，他仍然委托他的姐姐，用他的手机每年向她送上一句老土的“生日快乐”。直到最后女主角知道了事情的真相，很意外，很感动，很感激，也很伤心，很难过，很无奈……

故事浪漫而凄美，但可以想见，女主角的生日再也难快乐起来了。

其实，“生日快乐”，虽然语句简单却内涵丰富，还饱含了期待和感情。这一句祝福让我们不仅在生日当天快乐，而且快乐每一天，要珍惜眼前人，重视亲情、友情、爱情，懂得孝顺父母老人，热爱社会，热爱生活，尊重生命！

祝我们大家都生日快乐，快乐生活！

串门

今天到一位老太太家里做客，也像她说的，串串门。我发现，“串门儿”这个比喻还是蛮贴切的。

每次的串门都是有收获的！

如果主人健谈，热情，有趣，就不妨坐久一点，品一下茗，听主人说说，再好好想想，思考一下，总能收获满满，心情舒畅，全是喜悦。

如果，主人啰嗦，枯燥，沉闷，或者无趣，咱就继续往下一家串门，一直串，反正在同一个小区内，也是挺方便的。

串门这事，关键是要情投意合，谈得来，就多聊一会，如果话不投机，咱就改道到别的地方去串一串。

如果这家人房子太大，装修却一般，格调也不高，咱就浏览一下，有个大概印象就行，可以说涉猎吧。这可是个技巧，不然小区太大，你啥时才可以把每家的门都串一遍啊？

总之，我喜欢串门这件事，有时会有意想不到的收获！

窗外

周六早晨，独坐窗台，抬头看天，蓝天上铺展着白云，看得出神，仿佛注视一个美女，自己反而有点不好意思，老是盯着她看。花园里，有蝉鸣，有鸟叫，也有花香。偶然可见三三两两蝴蝶飞舞。

忽然发现，坐在窗台，一边看看书，一边听听音乐，时不时注视着外面的世界，也会觉得，生活原来也可以很惬意。仰望天空，你会觉得世界多美好！看着这花花草草，春意盎然，绿色满地，顿时心情舒畅，又有了新的生机，你会感叹生命的朝气蓬勃，不屈不挠。龙应台问，两个人就一定比一个人不寂寞吗？是的，有时，热闹更显孤独，两个人可能更加寂寞，当然，那是因为对象和时间不对。所以有时一个人反而更轻松、自在、惬意，不是吗？

母亲节快乐

儿女孝顺，母亲当乐，

儿女平安，母亲可乐。

母亲安康，自然该乐，

常团常圆，天伦之乐。

人间有爱，普世同乐，

健康常在，天天快乐！

散步

现在，我每天饭后都会散步。

散步于我，既是休闲，也是锻炼，特别是还可以想东想西，想想人生，想想过去，想想未来……

散步，我最享受的其实就是随意，随心想散多久就多久，随意想什么就什么，总之什么都可以想，又什么都可以不想。正是这种状态，才让我轻松，让我感觉到自在，感觉到存在。为什么？因为只有这时候，我才能听到我内心的声音，仿佛有时听到她对我的呼喊，让我警醒，让我宁静，让我淡然。

这时，让我想起了朱自清。当年，他大概也像我这样散步时东想想，西想想，才写下的《荷塘月色》吧？

对于荷塘月色的向往，由来已久。那一年，我在北大学习，专门抽时间步行到清华园，目的就是去看看水木清华，看看那著名的荷塘月色。那天晚上虽然没有月亮，还是看到了当年朱老先生留恋的荷塘，但不禁有点失望。这就是朱老先生笔下的荷塘吗？怎么这么小，也没有花？跟书本上的相比，变样了。是的，变了样，时间让他变成了老人，布满了沧桑的皱纹，面目全非了。

散步真好，可以让思绪也跟着散步。我的思绪一下可以飞跃黄河，一下又可以穿越回从前，现在马上又可以飞到北京去，夜访了清华园，眨眼间又回来继续散步。

明天，我们还可以散步去哪里呢？又还可以探访谁呢？

秋天来了

秋天眼看又要到了。这是一个多么让人忧愁和醉心的季节？我期待着，盼望着，思念着……

如果说这世上还有天堂，那无疑天地人间就是最美的天堂！试问，到哪还能找到这么美的天堂？那高山，那流水，那青青的河边草，还有那点点的繁星，闪烁着，流动着……

最让人思绪万千又百看不厌的还是那秋色……

本来秋天是收获的季节，应该是让人高兴、充满喜悦的，况且秋天总是和金色相连，一片金灿灿的、洒落满地的落叶，即使有点凄美，但也是很美！

秋之美，难以用言语所能表达，我最爱的是江南那烟波江上使人心中升起的愁绪，还有秋风瑟瑟愁断肠的感觉……噢，我说到哪了？不知不觉间，秋天已经把我带进了另一个意境。秋天是不是真的来了？

重阳登山

今天重阳，习俗是要登高。

那就走吧！

走着走着，难免左看看，右看看，东想想，西想想。这一路走来，没人陪伴，只有小路旁的花花草草，还有小树大树，偶闻虫声鸟语，叽叽喳喳，也不知说啥，但觉好听，就像那交响乐，也是听不懂的，但就是悦耳、舒心。鸟语也好，花香也罢，赏心悦目就好！

因为不赶路，心无旁骛，所以就有了心情，有了心思去欣赏沿途的风景，不看则已，细看却别有韵味，风景可能和心情是有关吧。有时想想，谁说我们一无所有？我们不是还拥有世界吗？大自然始终是属于我们的，而且免费向我们开放。所谓处处留心皆学问，只要我们打开发现美的眼睛，敞开胸怀，就一定能感受到世间的美，尘世的趣。

当然，要发现美，我们也不能太匆忙，赶路似的，只向着目标进发，忽视了过程，就算到了很快登上了顶峰又如何？到头来还不是要下山。所谓“结果之时，花凋之始”啊！想着想着，就看到了蝴蝶，它们悠然地在林间翩翩起舞。最吸引我的还是路旁的竹子，苏东坡曰：宁可食无肉，不可居无竹。文人喜欢竹子，老百姓也喜欢，因为竹报平安，平安是人人都希望拥有的。

回头再看这些小树大树，有时真的想像三毛说的那样：“如果有来生，要做一棵树，站成永恒，没有悲伤的姿势，一半在尘土里安详，一半在空中飞扬；一半散落阴凉，一半沐浴阳光。非常沉默非常骄傲，从不依靠从不寻找。”我也想过长成一棵长白山深处的参天大树，多好啊！没人打扰，没事烦扰，永远安静，永远不老！

哎！回去吧，还是别做白日梦了。

九月九，重阳走，登高处，望小树，尘世美，花草秀，我心醉，长白处。

天赋

很多时候，人是讲天赋的。

读书是这样，搞音乐、搞体育，当明星也是如此，受教育亦然。

我们很多父母对孩子可谓倾注了毕生心血，都想把孩子教育好，培养好，心情可以理解，只是往往事与愿违，不是我们教育不当，也不是我们不够用心，更不是孩子笨，而是孩子不具备这样的天赋，还没开窍，仍不可能领悟。这就是物质决定意识，这就要求我们要有耐心和恒心，要尊重事物的发展规律，只能顺其自然，不能急，更不能硬来，可以变换一下方法，真的不可行的话，就得学会接受。这就是上天安排给您的孩子，不是按照你的想象而成的孩子。

烦恼只因过于强求和执着，学会放弃和接受，不仅是一种艺术，更是一种境界。孩子不可能个个都出类拔粹。孩子健康正常就已不错，我们可以尽力但不必太过在乎。

丁克

昨晚《非诚勿扰》的一位男嘉宾说他是个“铁丁”，可惜他的心动女生接受不了丁克，遂牵手不成。

我就想：为什么要丁克?

当然，抚养一个小孩不容易，也是很辛苦和束缚的事，这确实会占用我们很多的时间和精力，使得我们不可能像没有小孩时那样自由自在，了无牵挂，任意逍遥。

但是，人生一辈子，我们总有自由自在和潇洒轻松的时候，也就是说，这种了无牵挂，轻松自在，潇潇洒洒的日子和味道，我们是体会过和享受过的，既然品尝过了，不就行了吗？何必刻意维持？人生的意义又岂是只在乎一时的风景和唯一的味道?

作为一个人，理应尽可能去尝尽人世间的所有冷暖和酸甜苦辣，此为正道。

如果“丁克”了，你就做不成父亲，你就缺少了为人父的滋味，缺少了这种滋味，就不能说你已经品尝到了人生的味道，同时，你所获得的所谓快乐，也是不全面和不完整的。因为你少了天伦之乐，而我认为，这恰恰是人间的极乐。

生儿育女，当然不应理解为只是传宗接代或者养儿防老，其实，养育小孩当中的乐趣也是无穷的，这肯定要比养宠物不知快乐多少倍，何况，当我们看到一个长得那么像我们的小孩慢慢长大的时候，你就会发现，那就是你生命的延续，其他的什么长生不老都是假的，自己的后代不断绵延才是真的。如果说，这世界真有轮回和转世，那么，小孩就是我们的转世和“来生”，我们人类正是通过这样的薪火相传，生生不息。

丁克，我不敢说它违背了人性，但至少它让你缺少了父性和母性，而缺少了父性和母性，你的人性就不完整了。一个人性不完整的人，不管你怎么潇洒和自由，最后，你都将因失去爱，失去至亲，而凄凉孤独一辈子，因为你的灵魂无处安放和寄托，你只是一个自由的游子，一个失去家园的孤魂，可怜啊！

试问，一个没有孩子的家还能够叫家吗？

一个没有孩子的家，只能算是一个场所，顶多为你遮风挡雨，但不能给你更多的温暖和爱。

家，是一个温暖和有爱的地方，离开了孩子，家就没有了笑声，没有了热闹和生气，死气沉沉的，这还能叫家吗？

所以，我是绝对不赞成丁克的！

周国平说得好，在所有的给我的头衔中，唯有父亲这个称呼，是最让我珍惜和骄傲的，也是最最光荣和自豪的！

丁克，不知所谓；“铁丁”，更不知所为！

房与家

一个人的时候，哪里还有家的概念？

一个人的时候，我们只有一个空空荡荡的房子……

冷冷清清，孤孤单单，寂寥空虚……

可能你会说，那是你肤浅，你耐不住寂寞……

但我会说，你才肤浅，你才不懂！

你知道什么是家吗？

你知道家对我们有多重要？

我只知道，潘美辰当年唱出《我想有个家》，真的让人感同身受。家，不只是有个房子就行的。家里一定要有人，至少要有好几个人，起码得有孩子吧？没有孩子的家，空落落的，冷冷清清，死气沉沉……

这让我想起了李清照的寻寻觅觅，冷冷清清，凄凄惨惨戚戚……

真的就是这种感觉。

所以，古人有几房人，热闹热闹也是有理由的，印象最深的就是辜鸿铭说的：你说哪有茶壶只配一个茶杯的？所有的茶壶都是配好几个杯的。

可能因为万一杯子被打碎，也不至于让茶壶孤苦伶仃吧。

一个人真的好可怜，连说说话的人都没有。自言自语，自己和自己说，自己和自己玩，周伯通就是这样，可惜我又不会双手互搏……

这让我想起了很多老人家，一个人，老伴走了，子女又不在身边，难道不是很可怜吗？

当然，还有像潘美辰这样的单身人士，在当时也是可怜的。可能，那些快乐的单身汉会说，你不懂！

或许吧，可能是我错了。不过，在我看来，所谓快乐的单身汉，即使快乐，也是暂时的，一时的，独守空房，暗自流泪的时候，可能忘了吧？特别是，一个人生病，无助和无奈，还无聊，无望的时候，可能也忘了吧……

总之，我们是需要一个家的！一个不需要太大的地方，它可以让我们的心有个安顿之处，让我们的灵魂有个地方可以安放、栖息……

接新娘

接新娘，是广东一带的人们结婚时的一个必经程序。

你还别说，这事可复杂了。得挑时辰，要吉时；还得有豪华车队、兄弟团、姐妹团等等，应有尽有，一样都不能少，要烧香、杀鸡、拜神、拜祖宗，还要放鞭炮、包红包、派喜糖等等。

不知道你烦不烦，反正我是被这一套烦死了！

今天凌晨，天还没亮，住宅区楼下就响起了爆竹声，噼里啪啦，此起彼伏，不绝于耳。

我起来一看，是接新娘的，抬头看钟，才四点多。天啊！接新娘，是你家的事，跟我们何关呀？用得着把我们都叫醒吗？真是太过分了！

可能你会说，算了吧，别人一辈子才结一次婚，就理解理解，喜事嘛，别太计较，应当为别人祝福。

当然，结婚是人生大事、喜事，我们理应为别人祝福。可是，把喜事办得如此扰民，值得祝福吗？

本来，人到了结婚的年龄，就是长大了，是成熟的时候，应该懂事。可你看看这样的作为，是成熟吗？是懂事了吗？

按我说，这和所谓的传统习俗无关，就是彻头彻尾地搞封建迷信嘛！

要结婚了，就该成熟，就该学会独立思考，学会为别人着想，要提高自己的文明程度，不要人云亦云、随大流，特别是结婚了更要学会为别人着想，要站在对方的角度来考虑问题，不能太自私，只从自己的角度、观点出发。否则，相见好，同住难。结婚容易，离婚更易啊！

毕竟，婚姻是两个人的生活，是要相处的，得互相体谅、配合、迁就，没有那么多的浪漫和恩恩爱爱，有的只是柴米油盐，样样都很现实。

结婚是不是可以长久，能不能百年好合、幸福美满，不在于结婚的时辰选得对不对，也不在于是否燃放了爆竹，而是在于两个人如何相处，双方以及对婚姻的态度和认识，是认真还是一时冲动，是执着、深刻还是肤浅和容易放弃？

结婚，其实就是两个人选择了在一起生活，和是不是吉时，有没有燃放爆竹没有关系。

为什么非得要择吉时，一定要在凌晨四五点燃放爆竹呢？其他人都在睡觉，没有义务全部醒来为这样的行为祝福。为什么不能低调一点，务实一点，文明一点？

看来，我们的文明程度实在有待提高。反对封建迷信，任重道远。

不是我小题大做，而是这种行为确实不文明，太过自私了！

我们都应该学会思考，学会想事，学会为别人着想！

这是一个人，特别是一个将要结婚的人，应有的起码的成熟和文明。

接新娘，就应该从移风易俗开始做起！否则，陋习不除，婚姻幸福无从说起。

分房睡

分房睡还是一起睡?

正看《非诚勿扰》，老师一言，触发思考：夫妻吵架，或为作息时间，或为空调温度，我就想，何不分房而睡？就是睡觉嘛，何必同房?

周国平说，夫妻之道，最好之状态，友人恋人皆有，亲密而有间。

既如此，夫妻就必须天天同房吗？何不分房而睡？不就是睡觉嘛，多大事!

从前家里穷，无多余房子，一家几代人，同住屋檐下，夫妻之间，只能睡一房，可是如今，很多家庭，三口之家，房子多多，房间大大，一屋四五房的，哪用挤一房？同住一屋，分房而睡，不也很好？可须知道，睡觉之事，亦是大事。

今之夫妻，未有分房，非房间不够，面子问题，观念问题，习惯问题。

或有人言，如此一来，影响夫妻感情。也许吧，但也未必。

古人云，两情若是久长时，又岂在朝朝暮暮。今尚未分房，同住一屋，分房而睡，就说影响感情，我看：此类感情亦属脆弱，岂有如此易受影响之夫妻感情？果真有，问题亦不在此，往往其他，也许危机之种子早已埋下，与睡觉何干？

我看，还是面子、习惯和观念问题。

分不分，合不合，如何睡，看各人，看习惯。和谐就好，合拍就好，能睡就好，吵架则不必。

分房，是可以考虑的。

打麻将

很多人都打麻将，到底好不好？

老人家消磨一下时间，锻炼一下手脚和大脑，倒也无妨。年轻人娱乐一下，联络一下感情也未尝不可。

只是，时下有些人打得太凶了，一是玩得太大，二是时间太久，因此，不免会影响心情，影响健康，还挺浪费时间。

所以还是不玩为佳，想想时间挺宝贵的，还是锻炼身体和读书学习为宜，为乐，为趣，为益！

想对餐桌陋习说再见

以前，常出去吃饭，餐桌上看多了，竟也发现许多有趣的东西，陋习也算是其中一样吧！

有一种情况是主人十分热情，喜欢为别人夹菜，当然，这夹菜本是没有问题的，有时还显得特别有风度，会照顾人，愿意放低身段，为别人服务，岂不应该点赞？问题是，他用自己吃过的筷子为别人夹菜，这就问题大了。你怎么知道别人愿意吃你的口水？你又怎么知道别人不会介意？

还有一种情况就是，喝酒的时候，有的人总是喜欢把酒倒来倒去，自己喝不了那么多就往别人杯子里面倒，我也是觉得很奇怪，你怎么就知道别人喜欢喝你喝过的酒？你不怕别人口水，不等于别人也不介意啊？有时最为难的是，领导往你杯子里倒酒，还让你喝。这就真的有点为难了。喝嘛，不高兴，不乐意，不喜欢，也不接受；不喝，领导就立马不高兴，你说喝还是不喝？难啊！人在江湖，身不由己。

还有一种情况，明明桌上备有公筷，有的人就是不用，不但不用，有时甚至像炒菜一样在盆里乱翻，夹起一根菜还要用力甩两下，可能是想把水分甩干吧？看到这种情况，我就纳闷了。这些有餐桌陋习的人很多都是受过良好教育的，而且不乏高等知识分子，难道这就是他们所谓的教养？

餐桌上还有很多陋习，每每碰到这些情况，我都目瞪口呆，非常不习惯，也很难自然地应对，往往说不出话。为什么？不好意思。当面批评别人合适吗？总得给点面子吧？但我转念又想，如此一来，谁又给我点面子呢？

所以，现在，我一般都不太愿意，也不太喜欢出去吃饭，有什么好吃的呢？无非是大鱼大肉，酒杯碰来碰去，食物的安全、质量和卫生不说了，单说喝酒，就够让我受不了的啦！我还是回家自己做饭，想吃什么就吃什么，简单又有生活情趣，就算把碗洗了，也没在外面吃饭累，你说呢？

可能，你说我有洁癖，可能是吧。我是有洁癖，但我引以为豪，难道你不觉得很多公共场合都是脏兮兮的？

我爱干净，我也爱整洁，更爱人世间一切干干净净，洁白无瑕的东西，特别是灵魂和人格的干净，也是我孜孜以求的！

餐桌，是一个吃饭的地方，当然也应该干干净净，这不仅是桌椅要干净，餐具要干净，吃的东西要干净，就算是作为吃饭的我们，也都应该干干净净，干净到把一切的陋习都通通扔掉，只有这样，我们吃起饭来，才算是有真正的享受，不是吗？

反正，餐桌上还有很多陋习，比如劝酒，我就不一一说了，这样都已经够得罪人的了！但是得罪就得罪了，又如何？

真的希望我们的餐桌上的陋习越来越少，这样我们吃起饭来，才会感觉到真正的畅快！

有感于罗一笑事件

很多人说因罗一笑事件被骗了，但我真不知道他们到底被骗了什么？他们损失了什么吗？

还有的人说东道西，坚持不转发，自以为聪明。我只想问：以后每遇到这样的事，你确保自己都能火眼金睛，明辨骗局与否吗？如果你不是火眼金睛，忽视了一个真的需要帮忙的弱者，请问于心何忍？你的良心会不会隐隐作痛？

我没有火眼金睛，也不可能明察秋毫。从一开始，我也不知道事件的真假，但我不在乎、也不怕被骗，如果有人骗走我的爱心，我巴不得！只要有一个是真的需要，我的爱心就没有白白被骗！况且，我至今也没搞懂，那些动动手指转发后宣称爱心被骗的人，损失了什么吗？无非就是帮助某些人做了宣传和营销而已，是别人得到了一些，但我们并没有损失什么呀，不是吗？难道我们今后都因为害怕被骗取爱心而拒绝行善吗？我们可以以此怀疑一切、拒绝一切吗？如果这样，人间岂不无情无暖，世态炎凉，人与人之间疏离冷漠？那这个世界还有爱，还有善吗？我真不知道我被骗了什么？今后，如果这样的事再次发生，假如转发有可能帮助别人，我依然不怕被骗，我还是会行继续转发这样的义举，即使上当受骗，我也同样高兴！

让座

一段时间以来，让座竟然成了新鲜事，有年轻女孩因让座不及时被骂哭，也有人没注意到要让座而被打。

这个社会到底怎么了？

难道让座是必须的？难道让座是法律规定的？让座的对象，老弱病残如何定义？60岁算老吗？59岁是否就不老？那么如何定义弱呢？别人怎么就知道我弱与否？

所以让座只是应当的，但不是必须的，更不是理所当然的。

有人让座给你，是让座人的大度，知书识礼，要懂得感恩，因为这不是理所应当的。

如今的生活压力大，上下班路途遥远的话很辛苦。上车就想找个座位睡觉，或者玩手机休闲一下，也是人之常情。

所以，没有让座也许是有道理的，毕竟有些病弱的情况是旁人不得而知的。

所以，不要倚老卖老，更不能为老不尊。

让座，是出于让座人的自愿，也要理解和宽容不让座的人，不要觉得让座是理所当然的。

“老人家”要自重！

自负狂

如果我是深刻的，那也没有必要谦虚说自己是肤浅的；如果我是肤浅的，肯定也不可能认识到自己的肤浅。

同样，一个人，如果他是自负自大自狂的，他也一定意识不到自己的自负；否则，他早改掉了，改掉了就自然不存在自负了。这又让我想到，很多人，特别是领导们，都比较容易自以为是，喜欢拍脑袋，总觉得他们高人一等，比别人聪明，当然他们也是意识不到的，因为如果意识到了，在你面前的，一定是一个平和、亲切、委婉、谦卑和寡言的智者。但现在很多情况下不是这样的，那他当然就不可能有这个意识了，因此，他必然还会继续自以为是，继续自负下去，或许这就是人性的弱点，是我们凡人的局限性。

其实，领导之所以为领导，很多并不是因为你比别人聪明，或者你的水平有多高，只是你运气好，际遇佳，当然还有你个人的努力。如果领导者不能意识到这一点，处处发号施令，夸夸其谈，不可一世，恐怕也未免悲哀和可笑。

自信是必要的，但自负狂真的不可取，吾辈当戒之，慎之！

情商的高与低

人们都说情商比智商重要，在我看来，情商高的人，一般智商也高。很难想象，一个智商高的人，其情商是低的。

据我的观察，情商高的人，一般都有这样的一些特点：其一，心细，心细则敏感，反应比较灵敏；其二，嘴甜，嘴甜则会说话，比较会赞美和恭维人，知道在什么时候该说什么话，什么时候不该说什么话；其三，耳灵，耳灵则善听，善听从来就是一种美德；其四，目明，目明则善于观察，会察言观色；其五，面慈，面慈则心善，脸上总是挂着笑脸，总是笑容灿烂，目光柔和，平和可亲；其六，脑活，脑活则聪明，有慧根，头脑较灵，反应够快。

是不是这样？

也许吧！但你千万不要认为我能总结出上述种种，因此情商就自然高。知易行难，知晓容易，难的是做。

有时，我们知道要健康饮食，但大鱼大肉当前，难以自持；有时，我们也想多赞美人，但为人老实，说不出违心的话；有时，我们也想笑脸迎人，但面对苦恼的事，想笑却笑不出来。

我知道，再苦也要笑一笑。

我也知道，恭维人，赞美人是最好的人际关系润滑剂，是最便宜的礼尚往来，是提高情商最直接和最有效的办法。但是我们有时太真太善了！以至于连一点点的假话谎话，我们都不愿意说，想想也是笨!

情商确实蛮重要的。不过，有时我觉得，智商足够高的人，情商也可以很高。毕竟他们有慧根，这样的人是很讨人喜欢的，而讨人喜欢的人，自然就学会了待人接物的基本法则，怎么可能情商很低?

说到底，情商和智商是紧紧相连的，而这中间的桥梁，我认为是读书，一个会读书，善读书的人肯定较易明白事理，明理人就是明白人，明白人洞明世事，岂能情商不高?

所以，多读书吧。读书可以提高情商，那些宣扬读书把人读傻的说法绝对是胡说八道，如果真有这样的情况，那只能说明其书没有读好。一个真正会读书的人，其情商一定不会低。试想想，你整天和智者打交道，天天听他们说话，情商会低吗?

批评、争论及其对象

无论是井底之蛙，还是对牛弹琴，我们通常都是批评井中的蛙和听琴的牛，其实我们有没有想过，会不会我们批评错了？井中蛙的认识当然有局限，听琴牛当然也是块朽木，但是，那我们为何要与井中蛙争论辩论？我们又为何要对牛弹琴？怎么就不分对象就批评？

很多时候，因为双方看问题的角度不同，经历和认知不同，阅历也不同，更不要说思想觉悟、认识水平，文化教育和格局境界都不一样，在这种情况下，一方对另一方怎能有一个客观的判断？

双方不在同一个频道，或者根本不是一个层次，怎么沟通？所以，如果双方不在一个认知层次，最好都别争论，知道对方观点就行了，不要试图说服对方，没什么好说的，正所谓：话不投机半句多！

经过多年的观察，我发现人都是很主观的，没有偏见的人毕竟是少数。大多数情况下，在很多问题上，人们都有自己的见解，至于对错，无须别人加以评判。

我们很多时候，都做过“拍脑袋”下判断的事情。

这确实需要自知之明。一个人，能够自知，继而自警、自省、自觉、自律、自谦，也算是一种境界。

总之，我们都需要明白自己的处境，知道对方所处的位置及其背景，要站在对方的角度考虑问题（这是一件知易行难的事情），不要只知道自己会弹琴，想弹琴，更要知道对方是否听得懂，能否接受。

对于批评，我是乐意倾听和加以思考的，当然不一定能接受，因为我也会做出主观的判断。但对于批评，特别是长辈和领导的批评，我一般不辩解，不争论，口称是，心水清。能争能辩吗？他们可能比你更主观。而且他们居高临下，位置不对等，能心平气和地与你平等交流吗？对于这样的批评，我们只能投降，只能接受，只能认可。而且表面上也要表现得很诚恳，态度要很端正，否则，沟通失败。

对于接受这种批评所带来的委屈，我不仅笑面相迎，照单全收，而且还会很快忘记，啥事都没有。但是，其实我心里清楚得很：嘴上可以服软，然心中的坚持和认知，是永远改变不了的，除非我自己改之。从这个意义上来说，批评也没什么大不了的，只是观点角度不同罢了。

井底之蛙，对牛弹琴，其实错在俯视和弹琴的人。

朋友圈的自白

每个人的朋友圈里，朋友或多或少，但都有这么几种情况：一种只是联系人，看不到对方分享的日常状态，甚至是互相设置不可见的；一种是你看得见他（她）的状态，他（她）却看不见你，或者相反，这也不能说彼此不是朋友，只是表明双方对袒露自己的隐私有所保留。这种情况也包括对自己的亲人。要知道，有的东西是只能给朋友看，只同朋友讲的，但不包括亲人，因为亲密有间啊，我们都需要空间。朋友之间是宽容的，亲人之间是严苛的；有的是相互能看见，那当然是因为你们互相视为朋友，甚至是好朋友，当然，也有的人其朋友圈是面向公众的，不特意设置分组。

但是，我想说的是，如果我们能互相看见，或者就算只能你看见我，我看不见你，这没关系，因为我是需要朋友的，而我是把你当朋友看待的；至于你如何对我，这完全是你个人的事情。况且，你所见到的我这个朋友，其实也没什么不可告人的事情，我光明磊落，至于我在朋友圈分享的内容是否可笑，是否幼稚，是否无聊，是否不成熟，这其实并不重要。

为什么可以让你看见，那当然是因为我信任你，我觉得朋友之间需要互动，现代人彼此都忙，都有自己的事情，比较少机会见面沟通。有了朋友圈，我们岂不天涯若比邻？所以，看见我的不要笑话我，笑话我也没关系，因为大家是朋友嘛！但千万别算计我，因为我是把你当朋友，而且是当作可以信任的朋友看待的，如果你算计我，那就是极度的不道德和卑鄙无耻了！难道不是吗？看不见我的朋友圈，也不要以为我不把你当朋友，我只是不想让你太过关注我，影响你我而已。当然，有的人看不见我，那是因为我还不敢太信任你，这需要时间和多一点了解，仅此而已，请勿见怪！

总之，朋友圈拉近了我们的距离，让我天天都可以网上见，可以经常聊天、互动，真的很方便！

亲密无间和同甘共苦

长久以来，我一直对这两个词感到有点欠妥。

先说亲密无间吧。亲密可以，岂能无间？再怎么亲密，哪怕是夫妻，都不可能也不应该亲密无间，不是吗？

我们每个人，只要是成年人，都是有自由意志的独立个体，都会有自己的隐私，都需要一个完全只属于他（她）自己的空间，如果你认为，因为你是她的闺蜜，或者是他（她）的另一半，你就有权和他（她）亲密无间，这样你就大错特错了！只要你稍不注意，严重入侵他（她）的空间，闺蜜很快就不蜜，夫妻也很快就有隔膜。

亲密可以，但不能无间。我们每个人，都需要一个只属于自己的空间，哪怕这个空间异常狭小，也是必需的，无间则会有冲突，会坏事的。

再说同甘共苦吧。同甘可以，共苦则免。因为甘甜可以和别人共享，一份甜可以变两份，但苦就不一样，那是分担不了的，我们只能靠自己默默承受。

苦楚、苦难、苦痛，一切的苦，岂是可共的？共苦，只会一起苦，并不能为对方分担一点点，顶多分散注意力罢了，苦还是那么多，那么沉，那么重，始终并没有减少。共苦，就是把对方拉下水，你忍心吗？何苦呢？

有些苦，我们只能放在心中，永远只有自己知道，一个人默默地承受。绝不能告诉外人，更不能告诉爱你、疼你、在乎你的亲人，否则，就苦了他们了！

所以，还是亲密有间，同甘自苦吧！

关于孤单

没有人陪伴，有时真的好孤单。就算有人陪伴，难道就不孤单吗？

没有人陪伴的孤单，不容易排解，你会对“冷冷清清，凄凄惨惨戚戚”有更深的体会。相反，独处却是灵魂出窍最好的时候，是感觉生命最真实的时候。所以有时候，就算有人陪伴，内心的孤单更甚，越热闹，越觉得孤单。

想深一层，孤单就孤单吧！我们迟早注定是要孤单的，现在就学会孤单，享受孤单。孤单，或许是锻炼内心，净化心灵最好的良药……

收获成长，喜得进步

七年了，我在投资公司工作整整七年了。

七年并不是一个很长的时间，它只是历史长河里的一朵小小浪花；七年也不算一段太短的日子，它可以造就一个人，成就一番事业，演绎一段动人的故事。

当初，我离开龙岗街道的时候，也是非常不舍，毕竟那里有我的亲人、朋友、同事，还有太多太多的记忆。那里是生我养我的地方，有欢乐、有泪水，也有很多很多的青春故事。

往事只能成回忆了！

带着梦幻，带着憧憬，带着一点点的好奇和向往，我满心欢喜和充满期待地来到了咱们投资公司。

如今，七年过去了。此时此刻，我不知为何有点难过，有点难舍，还有点想哭，心里很忐忑。原来，离别的滋味并没有想象中的好受。分手的一刻，竟也如此艰难！或许，我真的老了。人老了就容易感动，容易动情，容易伤感和流泪……

回顾这七年，我收获成长，喜得进步。

从前，我还是一个少不更事，有点近视和短视的懵懂青年；如今，头发白了不少，皱纹也多了一些，眼睛还有点老花，不知不觉间已经进入了中年。这人到中年，只叹光阴似箭，岁月不待人啦！

或许，我们都是这样成长的！

作为一名员工，我和大家一样，都渴望好的待遇和工作环境，因为我们想要有尊严地生活。其实，我们更希望被人关心，受人重视，更希望一展抱负，能够学有所成、有所建树，可以实现自我，这当然也包括了成长和进步。

今天，我想告诉大家的是，在这里，我成长了，进步了，谢谢大家！

我说的进步，是心灵的进步，是精神境界的提高，是爱的觉醒。

七年来，我慢慢地学会了宽容，懂得了善良，知道了放下。

我想，没有什么比生命更重要，也没有什么比健康和平安更重要，没有什么是放不下的。

除了生死，其他都是小事。

同志们，职位的提升只是表面的提高，如果没有思想境界和道德情操的提高，就永远不可能受人尊敬，心灵也不可能愉悦，更谈不上幸福。

所以，我想和大家分享的是：我很高兴，也很快乐，更加享受！我正享受着生命所赋予我的一切，包括了痛苦和磨难，就像白岩松说的，痛并快乐着！

天下无不散之筵席。人生就是一场旅行，我们都只不过是匆匆过客，不可能在一处停留太久，总是要向下一站进发。就让我们高高兴兴，手挽着手，一起共同进步、共同奋斗、共同歌唱吧！

祝大家永远快乐、幸福、安康！

读书行旅

Zhang

3

《周国平文集》读后感
读书说
听袁中郎言
读书有感
闲时趣事
读书与学习
月亮·康桥
信
树的情怀
散文与我
读书会傻?
摄影
视野与美景
最美的风景
看海
飞
走吧，兄弟
再见荔枝公园
北海回忆
北京印象
漫步清华园
在清华园骑车
一起去看胡杨
春天的距离
节日的黄鹤楼
武汉东湖
户部巷食街
第一次出国
外国印象
与一座城市的邂逅
初遇布拉格
布拉格的早晨
华沙印象
疗养

《周国平文集》读后感

终于看完了《周国平文集》的第一部!

合上书本，满心欢喜，全是收获，好不激动。

这是好久没见到过的，难得的一本好书。同样，作者也是一个久违的，有良心和慧心的智者。

他娓娓道来，就像和你聊天，和你谈心，和你一起分享他的人生旅途经历，语言朴实无华，亲切平和，情真意切。他对问题的看法是那样的独到，入木三分，很让人受启发、受教育。

他向你讲述的不只是他的故事，而是我们共同面对过和正在经历或者已经经历过的事。那些事，是那样的熟悉，那样的和我们息息相关，我们都曾经历过或者思考过。但是，国平老师的思考却是那样的深入浅出，精辟而不失精彩，深刻却又很有趣，实在难得。

或许，这就是哲学和文学结合的妙处!

他的可贵之处，在于没有脱离生活，贴近生活，来源于生活，又反哺于生活。他能够从抽象的哲学经典和道理中，化繁为简，从抽象而具体，再入通俗，然后和文学、生活和人生很好地结合起来，使人赏心悦目，充满喜悦，同时也震撼人心。

正如他所说的，读书就要读好书，那么，读周国平的书吧！他确实是一个明白人，是一个智者!

读书说

还是读书好！读书，就像是和一个智者聊天，只不过是他在讲，你在听，并且自己思考。这和我们平时聊天还是不同，平时我们聊天通常都会聊得热火朝天，因为双方都有说话的机会，很少有人比较沉默的，即使有，你也会觉得此人沉闷，不好玩，当然也会有懂得聆听的人。作为读者，就只能沉默，相当于在与智者聊天的过程中，只能听，没法说，说给谁听啊？听就听吧，有的作者还是很会说的，说得有理、有例、有见地，我们当然也觉得有利、有趣味。好吧，读书这种聊天方式，比起我们平时的“吹水”，确实好玩得多，有趣得多，有用得多，收获也多，还少了很多是非。这样的聊天对象，你值得拥有！

听袁中郎言

早醒，与其辗转反侧，不如坐而读书。

读书如聊天，和谁聊？明末大才子，袁中郎是也。

说是聊天，实则聆听，他说，我听，我思，是乐，亦趣。

何得？一曰知生死，二曰明进退，三曰得乐趣。何谓知生死？曰信生之必死，知生命之密度比长度更值得追求，不要只想高飞，有时可往宽处去。何谓明进退？曰退得一步，即为稳实，多少受用；功名可退，唯趣不可退，人生当而有趣，活出趣味来，品得真情趣，特别是自然之趣；何谓得乐趣？在乎山水田园，在乎诗酒草木，在乎痛快淋漓，在乎友人和心安，在乎去留都两可！

总之，明生死，知进退，懂得乐，晓情趣。

如此而已，如此足矣！

读书有感

以前，读书是为了升学，为了考名次，也是为谋生，少有将其作为兴趣和爱好。

如今，读书为乐趣，为兴趣居多。

当然，为兴趣和乐趣读书，就轻松多了，自由多了，收获也多，感悟也多。

以前，读了那么多的书，有趣的少，无聊的多，能让我激动的几乎没有，只有琼瑶，曾经令我这个青春期萌动的少年激动过。那时，看《彩霞满天》一度看到通宵，怎么也不肯放手，自己仿佛就进入到书里了，自己就仿佛成了主人公。

在以前所有读的书中，印象最深的是一本有关UFO的杂志，它曾经疯狂地让我着迷，让我一下子对宇宙产生了浓厚的兴趣和无穷的幻想，甚至一度幻想希望自己被外星人劫持。

当然，过去读的书当中，唯有小说，特别是武侠小说才会让我激动和感动，也只有小说读起来才能感到一丝丝的乐趣。

直到最近，才忽然发现，只有周国平才是少数的智者之一，只有他的书才是少数值得深读，精读的，也只有他的书，才是少数能让人激动、感动，感情得到升华的。他的书深刻、富有哲理，能够启迪人生，导人向善，传递正能量，废话极少，用词准确，语言朴实，文风清新，真情实意，逻辑性强。读周国平的书，不闷，不困，甚至不饿，不渴，其乐融融，乐趣多多，收获颇丰。

读书，如果能为兴趣而读，倘能有乐、有得、有思，也不失为一件休闲佳品。

读书吧！她能丰富我们的心灵，洗涤我们的灵魂，高贵我们的情操，开阔我们的视野，提升我们的精神和人格，也美化我们的相貌。不是吗？正所谓，腹有诗书气自华，万般皆下品，惟有读书高。

闲时趣事

国庆七天假期，爸爸去哪儿?

到处都是人，哪儿都不想去。正无聊，无所事事时，忽然发现，泡一壶春茶，听一曲古琴，读一部名著，也算是闲时趣事。

喝喝茶，人在草木间，听一首古筝曲，悠然怀古，听老者讲讲人生，也是件舒心的趣事。

读书，如果只是读，没有听，没有茶，当然就没有味了。听，当然要悦耳，所以不能嘈杂；品，一定是细味；读，就像和智者畅谈，对象是关键。

喝龙井，听古筝，读哲学，一切都刚刚好。读书，读周国平最乐，最悟，最深。

读国平老师的书，就像与他聊天，深入浅出，通俗易懂，贴近生活，而且至理，至善，至阔，他总是把高深的道理通俗化，解释得入木三分，这就是一个哲学家的境界和功力，他可以化繁为简，化抽象为具体，可以融入到生活当中，让你豁然开朗，实在难得！和这样的人聊天，你只需倾听就够了，因为你听得太入神。原来，和智者聊天的好处就在于此，你静静倾听就好，然后在品和思当中自然升华了！

假期闲时，就这样度过也算有趣吧?

读书与学习

从小时候起，我们就要接受教育，要读书，要学习，也不知为何，只知道这是大人们的安排和命令。

等上了学，也就习以为常了，因为小朋友们都如此，况且，有众多小伙伴们一起玩耍也不错。

到后来，长辈们说，如果不好好读书就没有出路，将来就找不到工作，就要过苦日子。也不知懂不懂，似懂非懂吧，反正，不读书也没人玩，书读好了有老师表扬，还会引来同学们羡慕的眼光，感觉挺“威”的。

再到后来，稍大了，也还是只能随大流，按部就班地上学、考试，再升学直到上大学。感觉一个字，就是“累”，累死了，特别是高中阶段。

现在看来，时下的学生更累，比大人们上班都累，大人们还有下班休息的时候，可学生学习就要从早到晚了。而且，还有做不完的作业，补不完的课，所以啊，大人们真要多站在孩子们的角度看看问题，替他们着想，为他们多做些事情，只能帮忙减负，不能再增加他们负担了，特别是精神和心理上的负担，要让他们尽可能有一个快乐健康的学生时代……

再后来，上大学了，一下子轻松了，从此可以在图书馆随便看自己喜欢的书籍，再也没什么压力，倒是觉得读书好玩、有趣，可以明理，让人长见识，开阔视野，提高你的思维敏捷能力，好处多多。

如今工作了，读书成了最好的业余娱乐和消遣活动，读书可以接收更多的信息，让人更睿智，更聪明，更有思想，有气质。说穿了，就是读书可以明理，可以拓宽你的视野，让你穿越时空，拓宽你的生命，增广你的见闻，使你变得丰富，有内涵，有见地，不狭隘，不浅薄，不愚笨，总之，好处一大堆，比一天到晚“打麻将”，吃吃喝喝强多了。

读书是一种学习，实践也是一种学习，而且“读万卷书不如行万里路”，因此，实践的学习更重要，况且，实践还是检验真理的唯一标准。所以，只有把读书和实践有机地结合起来，学习才显得有针对性，才能达到事半功倍、学以致用、学有所成的效果。

其实，学历高低并不和学问完全相关，当然，学历高的人通常比较有学问，但有学问的人并不必然学历高。很多有学问、有能力、有本事、有作为的成功人士不见得有多高的学历，但有一点是肯定的：那就是他们同样地热爱读书、学习，包括书本和实践的学习。除此之外，当然成功人士还必须得是勤劳、勇敢、好学、多思、有运、和有毅力的。

因此，喜欢读书学习那才是最重要的，至于能不能上大学，上什么大学并不必然决定成败，关键是你无论上不上大学，在什么岗位，你都必须热爱学习，善于学习，多读书，读好书。只要你能多读、多听、多看、多思、多想、多问，你也会变得有学问、有思想、有能力、有水平，能成功！

说到读书，我的体会是，学生时代最重要的是养成读书的兴趣、爱好和习惯，至于读什么书，我认为，课本是根本的习惯；只要把课本多读几遍，把它读懂、读熟、读透、读烂就基本上能考出好成绩；其次才是课外书，而课外书应读得杂一点，这样才能兼收并蓄，见多识广。到参加工作时，当然就要有的放矢，有针对性地结合工作来读，这样才能学以致用，学有所成，这就是所谓的先博后专。

我发现，多听多看新闻对拓宽我们的视野，提高我们的分析判断能力作用也是明显的，受益无穷。

学习是没有止境的，正所谓“活到老，学到老”，热爱学习的人，我们总会看到他的进步，金子也总会有发光的时候，但光热爱学习还是不够的，会学习、巧学习显得尤为重要，只有用心地学，方法得当地学，且多思多问，学习的效果才会显现出来。

读书是一种重要的学习途径。爱读书、会读书的人更能成功，但有的书必须精读，而有的书只能泛读，还有的书可以一目十行，翻翻即可，如果我们每本书都认认真真去看，那么我们即便穷毕生的精力，时间也是不够的，因此，掌握读书的方法至关重要。

读书与学习是我们人生的重要组成部分，我们在读书与学习中成长，在成长中读书与学习，愿我们都能在读书与学习中快乐地成长……

月亮·康桥

今晚还是照常去散步。

却发现天边挂了个又圆又大的明月，很光亮。

每次发现月亮，不管是满月、新月，还是残月，只要看见她的踪影，我总是忍不住瞭望，而且喜欢盯着她看，也不知到底喜欢看她的什么。

反正是看不厌，也看不透，更看不明。可能就是喜欢看她的朦胧和神秘吧？当然，还有她美丽的倩影……

走着走着，我发现每到这个时候，这里简直就成了孩子们和狗狗的乐园。

小孩子三三两两、三五成群地你追我逐，什么滑板车、轮滑、电动车等，应有尽有，当然少不了自行车。小孩子们骑得飞快，玩得满头大汗，看到他们玩得很开心的样子，忽然竟有一种返老还童的冲动，想问问他们能不能让我也和他们一起玩，当然了，只是一念之间的冲动，毕竟我又不是老顽童，但还是要羡慕地说一句：还是做小孩好啊！无忧无虑，天性单纯，只知道玩，多好啊……

回到家里，还是准时十点半看书，希望一会儿就能困了想睡……

今晚读了徐志摩的散文，读到他的《我所知道的康桥》，就被深深感染和吸引住了，看来他真的很享受康桥的花鸟鱼虫，还有那康河，河上的木船，当然还有那夕阳、黄昏、建筑、垂柳、草坪、波光……

是的，要不然也就没有了那著名的“轻轻的来”和“轻轻的走”，更没有了那“挥一挥衣袖，不带走一片云彩”的潇洒和气度。

康桥，我也是去过的，我怎么就没有那么深刻的感悟？

噢，我知道了！因为我那是走马观花，没有好好地住下来，停下来，静下来，当然也就不可能有徐志摩的那种感知和感慨，特别是，我更不是徐志摩，没有人家的才情和经历，又岂能随便挥一挥衣袖就成永恒和经典呢？

噢，夜深了，睡意快来吧，我等着……

晚安！

信

你为什么活着?

是啊！我为什么活着?

因为思考这个问题，所以我想看看王小波是怎么说的。

说到王小波，有人介绍说男的应该读读他的作品，而女同志则应该读周国平。其实，我觉得周国平的东西，男同志读了也很有裨益。至于王小波嘛，读了一下，反正不闷，还能继续读下去，而且还挺有看头，挺有收获的。

我看到其中有几封给李银河的信，写得情真意切，不比傅雷家书差，这让我想起了从前……

从前，我们也是写信的。虽然，我的字写得不好看，但写起信来，也是真情实意的!

记得那时，我们写的信，除了家书，就一定是情信了。是的，是情信，情书。

既然是情信，当然要情真意切，事实上，我当时感情的流水，一发不可收拾。如果不写，就要溃堤了，当真如此!

唉，那些都是陈年旧事啦!

往事如烟，随风而去，一切都烟消云散了……

我想说的是，那时写信真的很有意思，有滋有味。写信，就是尽诉衷肠，就是直抒胸臆，就是让自己感情的流水，一泻千里。这当然痛快，也淋漓尽致，但其实更妙的还不是写信。真正有意思的是收信，是等信。

等信的心情，那是怎样的一种期待，甜蜜，温馨。但那同样也是怎样的一种煎熬啊！真的能把人折腾得肝肠寸断。当你终于等到来信的时候，那又是怎样的一种狂喜？那种迫不及待，那种喜悦之情，实非语言所能形容。总之，甜蜜，兴奋，狂喜，开心，心花怒放，通通都不足以形容。

可惜，那都是往事，也是致青春啦！

虽然是往事，但还是可以追忆，可以怀念和回味的。只是现在，我们又拿什么来追忆，怀念和回味呢？

现在，还有人写信吗？人们还能体会等信的心情吗？

没有了，再也没有了。

现在还要写信吗？不用了，打电话就可以了，或者微信，短信，什么都第一时间沟通了。

但是，这其中是不是少了些浪漫情怀呢？恐怕就是这样。

现代社会信息高速传递，可是我们在这通信科技高度发达的时代，似乎又丢失了很多，很多……

我怀念从前，我还是喜欢以前，我更向往从前……

我也想写信了！可是，能写给谁呢？

我也想收到信，但是，谁又会给我写信呢？

算了吧！还是洗洗睡了……

树的情怀

小时候读过陶铸的《松树的风格》，印象很深，说的是松树有“要求人的甚少，而给予人的却甚多的风格”，还有积极乐观，不畏艰难困苦地生长的精神。

其实，何止松树是这样？几乎所有的树，不也都如此吗？

我想，树真的有树的情怀！不是吗？

你看，它们不怕寂寞，也不惧风餐露宿，更没有什么烦恼，只要一点水和阳光，只要站在泥土上，就能站得很骄傲，很有精神，当然也是有气质的！

怪不得张爱玲说过：“文人该是园里的一棵树，天生在那里的，根深蒂固，越往上长，眼界越宽，看得更远，要往别处发展，也未尝不可，风吹了种子，播送到远方，另生出一棵树，可是那到底是很艰难的事。”

其实，我也想这样啊！

我在长白山的时候，就有一种想法，下辈子如果有来世，我一定要做一棵树，而且就要长在这长白山巅，没有人打扰，没有人吵闹，更不会烦躁，只有一世的阴凉和一生的静好……

松树是可敬的，其他树难道就不也是吗？

下辈子就让我化成一棵树吧！

这辈子，请不要让我化成一缕青烟，而是化成一堆土，或者一堆肥，就让我们陪着树一起成长，沐浴着阳光，投下树荫，一生都骄傲！

散文与我

读散文，写散文，是一种怎样的生活方式？

纵使我写的散文没有读者，也没有付印，那又如何？

难道我写东西就是为了给别人看吗？

不是的，可以写给我自己看。

当然，有人愿意看，喜欢看我的作品，我也高兴，毕竟，有知音嘛！有人和我同悲同喜，一同高兴或者不高兴，就是说有人和我一起成长，和我一起风雨兼程，这样，我的旅途就有了个伴。我自然是欢迎的。不过，就算没有人喜欢，没有人陪伴，难道我就不上路，不走这一程了吗？

不是的，我们注定了都是旅客，走，不停地走，那是我们的使命，也是我们的宿命，纵使我们孤独一人，孤身一人，我们还是要走的……

就这样吧，让我们一直走下去，勇敢地走下去，让诗歌和散文陪伴，即使没有欢歌笑语，没有位高权重，只有沉默和孤独，这同样会给我们带来享受。哪怕只有泪水，我们也要洒满一地，浇灌心灵的荒漠，让它春意盎然，展现人间最美好的画面。

读书会傻？

今天对我刺激最大的是这么一句话：书读多了人就会傻。对此，我陷入了深深的沉思。真是这样吗？

如果这样，为什么父母们都很重视子女的教育，花那么多的钱让他们好好读书？这可能是说读书量的问题，就是说书不能读得太多，太多就把人读傻了。可是何为多，何为少？什么叫太多？我想，所谓书读多了，无非就是说异于常人，和别人不一样。比如说，不追名，不逐利，不会圆滑，只会说真话，或者自己没吃的还经常做好事之类的，大概诸如此类吧。说到底了，就是灵魂不在一个层次的。

或许吧，可能书读得太多是会有点“傻”，但正如饱汉不知饿汉饥一样，那些自以为聪明的人，又何尝知道智者的精神境界和道德情操呢？在那些自以为是的人的眼里，他们只有物质，只有名利，只有世俗，他们哪里知道，在这浩瀚宇宙，人的内心世界同样是浩渺和复杂的，我们人类，除了物质世界还有精神世界，还有精神生活，还有灵魂深处，不是每个人都得和你一样俗气，那才叫不傻。

纵观世界所有伟大的发现和创造，其实都是靠那些具有伟大灵魂和复杂心灵的“傻子”才得以实现的。不是吗？我们常常讲，要注意生活质量，可是我们的生活难道就只有物质生活了吗？我们是不是应该更多地去关心一下我们的精神生活，还有灵魂生活？

摄影

本来，我是不太喜欢摄影的。

因为拍出来的照片美则美矣，但和现实差太远了。它只是我们的美好愿望，是梦还在的那个地方，有点遥不可及。

更重要的是，我觉得摄影欺骗了我们。它告诉我们，世界是美好的，景色是迷人的。但我们终究发现，事实上并非如此，而且事实与想象往往相距甚远。因为照片以局部来代替了全局，容易以偏概全，断章取义，欺骗性很大。

后来，我渐渐地发现，摄影其实还是美的。它拍出来的景色确实也非常精美。

我们当然应该喜欢和向往摄影，毕竟那些美好的事物，都是我们向往和喜爱的，这也说明我们心中还有梦，有梦就是好，就还可以继续做梦，寻梦。

其实，摄影就是要告诉我们，世界之美，生活之美，它教会了我们，如何去发现美，发现这世界可爱之处，让我们可以更加热爱生活，热爱生命，变得积极和乐观。

从这个意义上来说，摄影还真的是功德无量，善莫大焉！

摄影，就是去学会发现美！

视野与美景

国庆节长假，很多人都想外出看看祖国的大好河山，感受一下江山如此多娇。有时我们看到旅游途中拍的照片很美，其实都是骗人的多，因为所有的景象都是断章取义的，都是局部的，都是以偏概全。好比说我们看到一个人的眼睛很漂亮，再看她的脸部全貌，可能你就不这么认为了。即使她的脸部非常美丽，但如果其身材有缺陷，你又不以为美了。照此说来，岂不世上没有美景？也不能这么说，其实美不美，关键在于你怎么看。你把视野缩小了，镜头收一收，她可能就是美的。你把视野放大了，看到了很多瑕疵，当然不够美。美或不美，还要看心情，心情好，一切皆美！心情郁闷，只有泪眼蒙眬，什么景也看不清。当然，美景还要有一个因素，就是一定要人少。一旦人山人海，什么也瞧不见，还怎么说得上美！

其实，美景还是有的，那些大自然的杰作，踏进金黄色的深秋，流连于色彩缤纷的树林，眼前是开阔、明亮、洁净，充满生气，色彩斑斓，生机盎然的景象，令人陶醉、神往和留恋！一想到这，谁还能说自己一无所有呢？拓宽眼界吧，开阔你的心胸，只要你够宽容，愿意把视野收一收调一调，展现在你面前的，一定是良辰美景，一定是春暖花开，一定是千树万树梨花开！

最美的风景

古人说人生如梦，也说人生如戏，如旅途，现在看来，都是对的！佛家说色即是空，空即是色，受想行识，亦复如是，确实如此。

那么，最美的风景在哪呢？就在路上！

也就是说，最美的风景不在终点，更不在巅峰。其实，担当主角也罢，配角也好，梦也罢醒也罢，在台上也罢，台下也罢，最美的风景都在活着的路上。只是我们太多的人都着急赶路，都想早点赶到人生的巅峰。

事实上，花开之时，即花凋之始，巅峰之后，就是坠落。正所谓飞龙在天，亢龙有悔，否极泰来，乐极生悲，曲终之后是人散。

所以，人们常常希望永远不要长大，永远年轻，永远幼稚，那多好啊！童真无邪，天真烂漫，蓓蕾初绽，永远芳菲！最美的事，都发生在途中，等到终点时，再美的风景，也是强弩之末，一切即将烟消云散。从这个意义上来说，何必寻梦？何必追逐？何必强求？一切随缘，一切随意，一切随心，就让一切随风，岂不更好？岂不悠然？岂不快活似神仙？

看海

很久没看过我久违的大海了！

今天，又一次看到了大海。还是那样的亲切，那样的广阔、深沉。

对于大海，我总是那样的向往，那样的迷恋，那样的钟情，百看不厌！

在大海面前，我们才能感觉到自己的渺小，感觉到自己无知和不足，才能感受到内心的那一份宁静。

面朝大海，春暖花开的感觉真的很好！

有时候，我真的想一天到晚都这样对着大海发呆，什么也可以想，什么也可以不想，抛开尘世间的那种烦躁和喧嚣，让自己静静地，安安稳稳而又简简单单地活着。

走在沙滩上，海浪虽不大，但吆喝着一遍又一遍往岸上冲，即使每次都冲不上去，但却从不泄气，从不气馁，从不放弃和退缩，这种精神着实让人钦佩。

海水清澈见底，很少见到这么清的海水。我忍不住抚摸了一下海的温柔，感受到了海水的那一份的清凉，同时又被她的那一份纯洁所折服。

遥望海的尽头，水天一色，海连着天，天牵着海，不离不弃，永远相依，好生羡慕。

什么时候我们也可以有这样相濡以沫的另一半？

海面上风平浪静，几条渔船静静的停靠在港湾，几只海鸟在水面上游弋，一群一群的小鱼在巡游，偶尔也能见到几条大鱼在追赶着小鱼。

生活，其实就是这么残酷，大鱼吃小鱼，小鱼只能自求多福了。谁说“水至清则无鱼”？我看，水清还是有鱼嘛！关键是要有自己的生存本领。

大海的魅力在于，她总是那样的神秘，那样的高深莫测，又是那样的广阔和宽广，因而总是显得很深沉。

大海啊，我的故乡。我怎么看你也看不够！

飞

很多时候，因为有诗和远方，我们才起得早，为了朝着梦想飞翔，我们甚至不惜背上了沉重的行囊，更不用说付出汗水和泪水了。

但是一想到飞，那种冒险的感觉真的不好，所以我们往往就打了退堂鼓，还是继续苟且吧……

其实，知天命之后，我们可能会开始活得苟且了，苟且就苟且吧！反正飞的感觉也不是那么浪漫的，就继续苟且吧！因为，除了诗和远方，其实我们还要肩负很多责任，家人和朋友都需要我们的守护和陪伴，这些都是我们卸不下的行囊，有什么办法呢？我们能忍心撒手不管吗？反正我是不能！

那么，以后还飞吗？

真的不想再飞了！

但是你能舍得诗和远方吗？你能放下心中的梦想吗？

当然，舍不得，也放不下！

所以，到时再说吧，我们何尝不是常常有了新的目标就忘了飞翔的伤？

人生就是这样的啦！在伤痛中前行，即使继续受伤，始终心甘情愿，难道不是这样？

好吧，为了下一次飞行可能会受的伤，我们还是尽早恢复吧！

生命旅程的下一站在等着我们啦！我们还得继续前行，要上路了！

走吧，兄弟

走吧，兄弟
既然学会了走路
那我们还等什么呢?

走吧，兄弟
既然每一处的风景不同
那我们还留恋什么呢?

走吧，兄弟
既然最终都只有一个结果
那我们还讲什么得失成败呢?

走吧，兄弟
既然剩下的最后都只不过是回忆
那我们还在乎什么是非功过和名利?

走吧，兄弟

既然酸甜苦辣只是穿肠过

那丰富与深刻就没有什么秘密

走吧，兄弟

既然命运安排好了一切

那只问耕耘不问回报就一定要紧记

走吧，兄弟

前面的路不管有多难

为了爱人我们都一定不能放弃！……

再见荔枝公园

好久没逛过荔枝公园了，今天一遇，已是久别重逢。

故人可安好？美人还依旧吗？

今天一见，有点愕然，有点惊喜，有点感慨，似曾相识，但已陌生……

愕然的是，这公园像个小姑娘，一眨眼就长那么大了！惊喜的是，女大十八变，艳丽多了，因此惊艳。但我感慨的是，岁月不饶人，小树都长那么高，那么大了，甚至可以说枝繁叶茂，都成参天大树了，而我们呢？当然也不再年轻！……

记得这荔枝公园是1982年建的，当初我就住在这附近，时常会过来看一看，瞧一瞧，逛一逛。

我还是喜欢当初的幽静，人少时正好一个人独处，什么都可以想，什么都可以不想，就这样闲着，无聊着，孤独着，仿佛公园就是要给人带来体验人生的另一种滋味。

今天，这里热闹多了，人来人往，倒像个市场或者游乐场，少了宁静和安详。

当然，热闹有热闹的好，至少它可以让我们感受到什么是天伦之乐，什么是真正的回归自然。

如果说，人间还有天堂，此时此刻，或者你一定能感受到这里就是了，难道不是吗？你看到处都是朗朗笑声、歌声，还有琴声，最重要的是，到处都是欢歌笑语，其乐融融，人间哪里还有比这更像天堂的？

最值得一提的是这里的木棉树，高高的开了一树的红花，那么灿烂，那么艳丽，那么奔放。我想，如果当初绿化的时候如果多种些这种会开花的树，种成一大片，一山山，岂不妙哉美哉？这样不仅是绿化，更是美化，还能带动旅游，岂不一举多得？

我想到哪去了？我又不是城市规划局局长，不就是逛了逛公园吗？怎么想了那么多，那么远。可能，可能我们真的老了……

就让我和荔枝公园一起徐徐老去吧。

北海回忆

20世纪90年代初，小平同志的南方谈话一石激起千层浪，整个神州大地掀起了新一轮的大开发、大发展浪潮。

当时，中国的沿海开放城市，像威海、海口、北海等都是热点城市。作为深圳派往北海开拓的创业者，我有幸参与和见证了这一轮新的开发热潮。

当时的北海大街上，满街跑的都是“边贸车”，其实就是走私车。边贸是当时的一项主要经济活动，另外，就是成片开发，当然会伴随大量的“炒地皮”行为。1992—1993年全国到处都在“炒”，“炒地皮”“炒房子”“炒股票”，什么都可以“炒”，当然，北海也不例外。

那时，我们几个刚毕业的从深圳过去的同学也想从“农村包围城市”的发展趋势中学习，到一些沿海还不发达的城市尝试创业。在北海，我们认识了几个从西南四川、重庆过来创业的年轻人，大家志同道合，就合伙合作办了些项目，刚开始势头不错，后来，适逢宏观调控，项目就再也做不下去了。

虽然生意失败了，但同志们、兄弟们在一起创业，同吃、同住、同甘共苦的一幕幕仍历历在目，虽说往事过去已有近廿年，但至今回忆起来，仍像昨天发生的一样。

其实，失败真的不要紧，对我们人生来说，结果已不重要。成当然值得高兴，但败也是一种感受、体验和收获，过程刺不刺激，好不好玩，曲不曲折，丰不丰富，那才是值得我们在乎和关心的。

至今，那段经历，那些日子，都是我人生的宝贵财富，它将深藏在我的记忆深处，让我回味，使我激动，令我思索……回忆，总是美好的，即便是痛苦的回忆，也是一种收获。

很难想象，人将走之时，脑中只有一片空白，心里却说不出任何滋味。

人的一生不也是由一段段回忆构成的吗？回忆愈丰富，片段愈多，方显得人生的经历珍贵。

昨日虽去，留有回忆，美好且丰，夫复何求？人生岂悔？

北京印象

北京的夜晚确实热闹！

晚上，在后海一带逛了一下，那里热闹非凡，烟袋斜街一带虽是些老房子，改造后却也有非常独特的商业气息和古旧的味道，真是另有一番情趣。

后海一带酒吧林立。这酒吧街也是非常别致，透明而热烈。驻场乐队肯定是有的，有些美女主唱也唱得不错，有清纯甜美的，当然也有性感妖艳的。但我们只是在门外街上逛了一下，因为这些酒吧都采用开放式和全透明的玻璃门面，所以能窥见里面一二。最不好和让人生畏的，是那些拉客的，一看到我们在街上闲逛，就缠上来，拉拉扯扯，问东问西，实在让人不舒服，甚至有点害怕，谁知是好人还是坏人？是骗子酒托也说不定呀？我就是不明白，他们这样有用吗？怎么没人来管管呢？

走过了王府井大街，我们准备坐出租车离开，到了步行街末端，好几辆出租车停着，一问，都说他们不打表的，要议价，我们当然不干了，不是钱的问题，而是害怕，谁知道坐上车后会发生什么？我们又纳闷了，首都北京原来是这样的吗？

好不容易走到了长安大街，一看，的确很难截出租车。幸好，我们在北京饭店门口时，刚好来了一辆蓝牌车，放下了几个客人，司机主动问我们要不要送我们一程，一问说要100元，我们商量了一下，认为应该是安全的，于是就上了车。穿梭在长安大街，忽然发现这长安大街竟是那样的宽敞，辽阔，笔直，宏大，真是壮观极了！特别是经过天安门时，毛主席像就挂在城楼上，好不伟大！

北京的夜晚，景色是美的，灯光璀璨、艳丽，当然也很迷人！

北京真不愧是首都啊！只是管理上的疏漏让游客难免感觉美中不足。

漫步清华园

清华北大一直被誉为我国的最高学府，历来都是莘莘学子最最向往的地方。

我对清华北大的向往由来已久，记得十年前到北大培训，有幸目睹了未名湖的风采，从那时起，北大在我心目中留下了美好的印记。

今天，我终于有机会在清华学习培训了，这是一次难得的圆梦的机会。

其实，十年前在北大培训时，我也抽空到清华逛了逛，当然也感受了一下水木清华的灵气，但毕竟匆匆，所以印象不深。

这次，总算是可以好好地静下心来，去感受一下清华的人文氛围，也让我为自己一圆学生时代的梦……

走进清华校园，漫步在宽敞的清华东西路上，如入桃源，宽敞的清华路边被一条小河环绕，偶尔也能见到几个垂钓的人，可能是清华的教职工吧，他们也是难得偷闲。

看到河水清澈，生态静好，不少水鸟也在其中闲庭信步，岸边的松树挺拔茂盛，还结了很多松果，这让我想起了儿时采摘松果的情景——那时穷啊，也困难，所以常常捡些松果来烧火，想起儿时虽然穷困，但还是充满童真和童趣的，快乐的时光往往稍纵即逝……

漫步在河边的清华路上，我忽然想起了徐志摩的诗句，“波光里的艳影，在我的心头荡漾”，真的是这样！

走过了清华路，往西走，很快就到了荷塘月色，就是当年朱自清写下那篇传世之作的地方，荷塘不大，但也不算小，弯弯绕绕的，塘中有个小岛，周围都布满了杨柳，高大翠绿，垂下一条条，一丝丝，风一吹，婀娜多姿，翩翩起舞。那荷塘中的荷叶连成一片，充满了绿意和生机，虽没有荷花，但撑开的荷叶，倒也像少女的裙摆，气质高雅。荷塘里的水是清澈的，有些小鱼在其中闲游，那水里的水草青翠茂盛，倒是给这荷塘增添了不少盎然生机。

再走几步，就到了水木清华，其实和这荷塘也差不多，只是多了一处瀑布，当然更灵动和活脱，景致也是很美的。

说了这么多，难道清华园只有这几处美景？当然不是，清华的美，就像女同志的美，光有外表，也只是花瓶，古人曰“腹有诗书气自华”，清华就是属于这一类，不仅有美貌，更有强大的气场和迷人的气质，这是由她的历史和文化背景所沉淀下来的美，这也是我喜欢清华的原因。

美，实在是太美了！

漫步在清华园里，我哪里都不想去，唯有在这里，才是真正的乐园，世外的桃源。

如时光能够倒流，如果我还能长久地与清华为伴，那该多好啊！那又是一种怎样的奢侈？

唉！也别太贪心了。此生相遇，已属不易，已经值得回味了！

清华，你就是我心中的诗酒田园……

在清华园骑车

小时候我经常骑单车，因为那时交通工具不多，只能骑单车，骑单车上学，甚至出远门。现在骑单车，则是一种休闲的生活方式，如果你能在清华园骑单车，则更是一种享受了！

租个单车不贵，200元押金，一天10元，就可以像清华学生那样，在校园内骑车代步。

骑着单车，悠哉游哉地游荡在清华园中，恰好阳光明媚，凉风习习，既有阳光的沐浴，也有微风的凉爽。混杂在清华学生当中，自己仿佛也年轻了，好像自己真的是一名清华学子。

哈哈，当然不是！不过，虽然清华不曾容纳我，我却走近了清华，即便是短暂的停留，却也永恒……

这清华园啊，可能有好几平方公里吧，感觉比我们深大校园要大，在校园里骑单车最合适不过了。

行走在清华东西路上，宽敞明亮，大气又有灵性，因为旁边有水，有小溪，有鸟儿，当然也会有花香。

那新民路上有许多的毛白杨，高大笔直，挺拔伟岸，就像清华的学子，都是栋梁。

我特别喜欢走在至善路上，因为这条路的名字好听，试问人世间还有什么是比善更是美的？这让我想起了大学时的瞿至善老师，她是一位音乐老师，走起路来都像跳动的音符，优雅极了，瞿老师的钢琴弹得特别好，不知她现在怎样？老太太可好吧？

人世间最美的东西就是真和善，因此这至善路，每走一次都在提醒我们，要从善如流啊！

走过了熙春路，在一座桥上，可以看到河道两旁生长着很多杨柳，柳枝飘飘洒洒，婀娜多姿，真是美极了。她们一条条一丝丝，都往河里垂，就像在河边洗头的少女，风情万种。

其实清华园里还种了很多圆柏，松柏，它们都有陶铸说的松树的风格，我真的拜服。

学堂路上，有一种树叫加杨，高大挺拔，和校园里那些高大英俊的男生有点相像，也是很有魅力的。

当然，最美的还是荷塘月色和水木清华，这里就不说了，还是自己来体会吧！

好了，我还是老老实实地骑车吧，如果这一刻，这时空能够永远停留住，那该多好啊！

一起去看胡杨

什么时候可以来一次说走就走的旅行？

如果要走，我们就一起去看胡杨吧！

那胡杨，金色的胡杨

仿佛就在诉说秋天的童话……

它带给秋天的，

不仅只有金色，还有

收成，收获和诗意……

一起去看胡杨吧！

期待看到那洒满一地的金黄……

春天的距离

其实我和春天，不只是一个徽州的距离。

徽州的春天确实是美的，有田园的气息，有色彩斑斓的大自然，但其实美与不美，关键还是看心情，看心境，看心志。我心有春，满眼皆春；心若郁结，则泪眼蒙眬，熟视无睹，何春之有?

当然，万紫千红总是春。春天，春色，春景，春风都可以焕发生机，也可以唤醒，唤回，唤起我们内心深处深藏的生机，果真如此，当然也能唤来我们人生的春天。

是故，我和春天，其实需要的是一个约会，一个约定——无论怎样，我们都必须保持一个好的心情、心境，即使失意，也要保持内心的宁静，安详；即使泪眼蒙眬，也要有满眼春色。

如此，我们和春天，就真的只有一个徽州的距离。

节日的黄鹤楼

今日黄鹤昨日楼，
不见古人不见愁，
江城两岸长江水，
来来往往是人头。

武汉东湖

东湖磨山景区，这是个要收门票钱的4A级风景区，其实也是坐落在东湖之中，但可能因为景区票价60元的缘故，游人较为稀少，加上今天有点毛毛雨，游人就更少了。

少了好啊！可以还湖山一片宁静，这样，山就会显得幽静，湖就会有一种宁静、安详的美，再加上岸边的垂柳，还有荷塘的衬映，在远方点点板船和雨后烟波浩渺的缭绕中，它自然就有了生机和盎然。如果你能像我今天这样，还看到了水中悠闲的鸭子，不慌不忙，悠哉游哉地展现优雅的泳姿，你就会觉得：一切诗情画意都尽在其中，不言而喻了。

雨后的东湖是美的，是安详的，是宁静的，是充满生机和绿意的。站在磨山之中，楚城就在脚下，同样也是“极目楚天舒”。

我感觉，东湖的美其实不会输西子湖，只是文人墨客来得少，传世的作品，脍炙人口的作品少了，当然知名度和传颂度就大不如人，所以，它输就输在不够源远流长。

不管怎样，只要你游了东湖，特别是游了这人少客稀的磨山东湖，你就一定能够发现它的美，发现山湖所特有的魅力。

来游东湖吧，最好是春夏之交来，你或许还能领略樱花的烂漫，梅园的奔放，还有荷花的清高，当然少不了垂柳的低吟……如果你来得及时，正好碰上烟雨朦胧，你定能看到东湖姑娘浩渺的身姿。

磨山东湖，你确实是江城的明珠！

户部巷食街

户部巷，这是武汉的一条步行街，也是最有名和品种最齐全的小吃一条街。

节日的户部巷人山人海，有点水泄不通，但热闹、香辣，有滋有味就是它的特点。这里就是吃货的世界！

来了武汉，不登上黄鹤楼，多少有点遗憾，如果你是吃货，不来户部巷转一转，遗憾就更大了。

我当然是一个吃货！所以我来了，而且还来了两次。如果你问我有什么好吃的？我会告诉你，来了就知道。这里的人会告诉你，热干面，热干面，还是热干面，当然还有豆皮，是三鲜豆皮。我吃了，若说好不好吃，这要看你的口味。热干面有点担担面的味道，但又有点不同，豆皮则有点像我们广东的腊味糯米饭，当然又不尽相同。所以，怎么说呢？吃了你就知道！

来吧，坐上高铁，到武汉的户部巷去做一个名副其实的吃货！

第一次出国

人的一生中有很多的第一次。

第一次学会叫爸妈，第一次上学，第一次谈恋爱，第一次领工资，第一次出国，第一次的东西实在太多了，以至于很多的第一次我们都忘却了，时间、地点，具体情况通通都忘了，但还是有的第一次我们可能终生都不会忘记。它总是躲在我们脑海里，时隐时现，或许是因为它太深刻了，因此，回想起来就像昨天发生的一样，它又是那样的熟悉，那样的清楚，那样的让人激动，那样的令人回味……

或许，你铭记的第一次会是第一次恋爱，第一次当父亲、母亲……而我最难忘的第一次，可能是第一次出国。

记得那是1996年，我和几个同事到新马泰旅游，因为是第一次出国，因此显得特别激动，因为，在我认识的世界里，中国就是世界，即使我们通过看电视也能看到国外的一些情况，但毕竟那还是太遥远，太陌生，太抽象，太模糊，没有真实感，也没有亲切感。

在我从小的梦想里，就很想到外面的世界去看看，对我来说，国外就是我心中外面的世界。外面的世界到底怎么样？和我们的情况有何不同？我真的很想知道，而且要自己亲眼所见，亲手触摸，亲身感受和体验才算。

终于，如愿以偿了。当我真的踏足这外面世界的时候，才发现，这世界各地的生活原来大体差不多！都是要吃、要喝、要工作，也都喜欢“钱”，而且工作和我们国内的情况也一样，就那几种，没什么新鲜。

到后来，多出了几次国，发现情况更是差不多了，连欧美也不例外。这时候，才发现自己的国家是那样的可爱，祖国的山河又是那样的美好。出了国才发现，在我们生于斯，长于斯，居于斯的这片土地上，竟是如此熟识、亲切、自在和逍遥！

当然，西方发达国家有很多地方比我们发达、进步、现代，但生活在一个陌生，没有亲朋，语言不通，文化迥异的国度里，这样的日子何其难受？

因此，还是那句话“龙床不如狗窝”，国外再好，也不如自己的祖国亲切，外面的世界再精彩，也没有咱家温暖！

外国印象

国外的旅行经历，给我留下了几个特别的印象，第一个就是人与动物的友好共处。那些路边的流浪狗流浪猫，广场上的鸽子，都特别受到保护和善待，游客可以随处看到这些小动物，还有天鹅、野鸭、鸳鸯等，与人类共享同一片大地，同一片蓝天，没有人上前打扰它们，更没有人去捕杀它们。所以这些动物都不怕人，经常走到人群中觅吃，人们也愿意喂养它们，因此，它们往往是自由的，安全的，也不愁吃不愁喝。它们就跟我们一样，都是这个城市，这个地球的主人，彼此相安无事，人与自然真正共享和谐。

第二个让我印象特别深刻的就是，人们喜欢用鲜艳亮丽的花朵装饰房子窗台或阳台，夺目的鲜花一下子让这房子有了生机和朝气了！这些家家户户种的鲜花不仅是装饰和点缀那么简单，它更是一种态度，一种生活情趣，一种对生活的热爱，所以它们如此美丽动人！

还有一个就是，国外的城市普遍没有太多高楼大厦，当然，纽约、东京例外，你会发现，乡村特别美丽、安静，干净，即使是洗手间也通常卫生、整洁。很少有人在公共场合高声喧哗，人们都很遵守秩序，自觉排队；不管认识与否，走在路上总有人会向你微笑，点头，打招呼；当你要过马路，站在斑马线上，他们一定会停下车来，让你先过，即使你有意让车先行，他们还是会原地等你通过……

我想，不同的文化背景，不同的风俗习惯，滋养出不同的人，其实，说了这么多，我并不是崇洋媚外，相反，我们在游历的过程中，发现我们国家有很多社会主义优越性，都是国外所没有的，这里就不一一枚举了。

我只是想说说别人的一些优点、特点，好让我们也能从中借鉴和学习到一些什么。

正所谓，“以铜为镜，可以正衣冠；以人为镜，可以明得失”，就是这个意思。

与一座城市的邂逅

当我们到了一座城市，有两种玩法：一是走马观花，到处走走看看，不怎么停留，当然节奏很快，快到你事过境迁，你都没什么印象了！这就好比认识了一个人，虽然也见过好几次面，但没有一起相处过，更没有深交，因此得到的信息，印象都是很表面的，正所谓“相见好，同处难”。因为相处下来，你才会发现他的一切，包括美和丑。因此，走马观花，其实是没有太多意思的，他只不过给你有了一个很初步，很浅的印象，告诉你，我曾经来过，仅此而已！当然，和一座城市的邂逅，我们还有另一种玩法，就是住下来，慢慢地凝视它，触摸它，发现它，这样的生活才叫慢生活，就因为一个慢字，让你才有了机会和她深情地交往，谈恋爱，也只有这样，你才能发现她的美和好，只有这样的认识才是深刻的，独到的，和难忘的。

和布拉格这座城市的相遇是在一个金秋的九月，实际上已经差不多十月了！

金秋的布拉格，天气宜人，阳光洒在大地上，更映出了城市的金黄，这时的栗子树满街都是，挂满了浑身长满刺的青涩果子，据说这种栗子树结出的栗子果是有毒的，不能吃，和我们平时吃的栗子模样虽然相似，但味道和毒性却完全不同。不管怎么样，它也增添了这座城市的风景和魅力。

我有幸住了下来，而且享受了它的慢，我们走路去吃饭，走路去逛街，然后漫步在街头上，街区里，我们还坐过这里的马车，绕着布拉格广场走了几圈，这种马车的走法，当然是慢的，它可以让你好好地领略这座城市的风采。我们也坐了游船，游历了捷克人民的母亲河——伏尔塔纳河。这条母亲河，不仅养育了捷克人民，也给布拉格这座城市增添了美景和生气，可以说是这座城市的灵魂。我们也到过巴黎等其他欧洲城市，这些城市大多都会有一条贯穿城市中心的河流，实在是美极了！河流把城市分隔成两岸，人们可以在河边闲坐，发呆，就这样静静的守着，等着，看着，待着，当然，你也会发现早起的人们沿着河岸慢跑，漫步，遛狗，这些都活生生地给这座城市增添了美景和生气，一种朝气蓬勃，充满自然和人文的和谐……

布拉格当然也是这样！更加让你惊讶和赞叹的是，这母亲河里，城市中心，常年生活着众多的白天鹅，野鸭，鸳鸯，和各种水鸟，简直从来都不怕人，也不走，和你非常友好和亲近，这就是人与自然的和谐！这些白天鹅和小动物们简直把自己也当成了这座城市的主人！

最能看到白天鹅和绝美风景的，就是在查理大桥俯瞰这捷克人民的母亲河，一边有瀑布水流缓缓而下，一边天鹅野鸭悠哉游哉地来回游荡，水鸟在河面盘旋，就像那海燕，海鸥……

啊！美哉，布拉格！

让我怎样形容你呢？

我只能说迷恋和陶醉……

初遇布拉格

秋意正浓的九月，我遇见了那梦中多次到过的布拉格。现实与梦境有什么不同呢？

“布拉格之春”，虽然好像只是一个历史事件，但它也足够让我驰骋想象的了。这“布拉格之春”我们没有遇上，但布拉格之秋，时下正好。

我们在当地时间早上五点抵达布拉格，一下飞机，就有点凉飕飕，但不怎么冷。抬头一看，天有点阴，朦朦胧胧的，机场不大，但干净、明亮，也蛮舒服的。特别值得一提的是，机场的洗手间，宽敞、整洁且没有异味，最不同的地方是，门口还有一道自动的推拉门，给人以人性化的便捷。

走出了机场，我们车行在布拉格的公路上，放眼望去，没有很多高楼大厦，只有田野、庄园、平房和自然风光，司机说这里地处丘陵地带。

因为太早了，我们只能在麦当劳用早餐，顺便坐等一会儿。在异国吃麦当劳不同的体验是，这里没有国内的选择丰富、品种繁多，顾客还要自己在餐后收拾托盘。

早餐后时间尚早，暂时入住不了酒店，只能周围游览一下市区，看看布拉格的晨景。

我们来到了查理斯大桥，看到了捷克人民的母亲河——伏尔塔纳河，这河贯穿了整个布拉格市中心。我们站在桥上眺望河两岸的风光，只见河床宽阔，河面平静，水流不急，只看到一处明显是水库瀑布的样子，河里到处都是成群的白天鹅，她们姿态优美，来回游荡，偶尔把头钻进水里，好不悠闲这里简直就是一个天鹅湖，美得天然和纯粹！河里还有野鸭，就是我们俗称的水鸭吧，还有鸳鸯、水鸟，那水鸟在河面飞来飞去，就像是高尔基笔下的海燕，虽然没有暴风雨，但也是阴雨霏霏，秋意绵绵，天空中飞过一只鸿雁，这让我忽然想起了远方，想起了故国的亲朋，心中升起了《鸿雁》这首歌的旋律：酒喝干，再斟满……哦对了，那只鸿雁孤独地飞，它与家人失散了吗？还是正赶回家呢？

河的两岸有很多房子，房子的外墙和房顶刷成金色的，煞是好看，它和眼前的山川，河流，花鸟鱼虫，构成了一幅绝美的风景油画……

我们走过了查理斯大桥，还来到了传说中的布拉格广场。这布拉格广场，其实并不大，和香港的铜锣湾时代广场，美国的时代广场一样，都是几个建筑物之间的一片空地，其实没有多大地方，但它能够叫广场，而且举世闻名，这自然有它的道理和历史沉淀，要说面积，那和我们的天安门广场是没法比的，我们的天安门，那才是真正的广场呀！

广场的周围有几栋特别引人注目的建筑，是哥特式的建筑，当然是西方特有的教堂了，那些建筑，一看就知道是教堂了，在国外，这种宏伟的建筑，一般都是教堂，这和我们国家不一样，我们这里一般宏伟的建筑，只有政府机关或者酒店。

国外的这种哥特式建筑风格的教堂，真是宏伟极了，不得不让人赞叹，只要你走进去，你自然会发现自己的渺小……

布拉格的秋天已经来了，满地金黄色的落叶，已经足够让人陶醉和神往，那高大的挂满了橡果的大树，一排排，一行行，整齐地呈现在你的眼前，雨后阳光下的布拉格，显得格外宁静，有一种金色的浪漫，深秋的美丽和凉爽让人陶醉和迷恋……

布拉格的早晨

早上起来，有点早，当地时间是六点半，于是决定下去跑步。

我是沿着街区跑的，一路上没有什么人，车也不多，很安静，只有环卫工人在搞卫生、除尘，还有就是这满街的鸽子，它们是这里的晨客，可能是早起的鸟儿有虫吃吧，晚了可能就被吃光了。

我慢跑了一圈，感觉很舒服，空气清新，带着凉意，凉风习习的，不感觉冷，倒是有一种很自在的感觉。

我们住的酒店，刚好旁边就有一个小教堂，是哥特式建筑，仔细一看，塔尖在远处看竟然发出耀眼的光芒，怪不得这么多人对它如此向往，原来它就像一盏明灯，会指引我们的航向，有了它，我们就不会迷航了。塔身原来还有一个像英国大笨钟那样的钟盘，时间也是精准的，原来它不仅给人以方向，还告诉我们时间，这是叫我们珍惜光阴吧？

我抬头望向钟盘，已经早上七点了，月亮还清晰地高挂空中，只圆了一半，哦！原来外国的月亮并不比咱们的圆，只是它在清晨依然清晰可见，而且还亮得很。

忽然发现，东边天际有一个不明飞行物，拖着一条长长的光带，一飞冲天。我认真仔细盯着它看了好久，起先还以为与UFO有奇遇了，后来发现，原来是个飞机，不过说来奇怪，为什么它会拖着条长长的尾巴？突然，我又发现，天空中还有好几条这样的尾巴，应该都是飞机飞过留下的痕迹，非常耀眼，非常好看，就像流星划破苍穹一样美丽！这边是密云铺展的天空，那边太阳刚刚升起，艳阳高照，朝霞满天，真是“东边日出西边阴”，最美朝霞布拉格。

华沙印象

从布拉格坐一个小时的飞机，就到了华沙城。

这里的机场都不大，我们是飞机起飞前半小时抵达机场的，竟然还能托运，安检，登机，实在高效！

从飞机上俯瞰华沙城，看不到太多的高楼大厦，倒是可见很多小别墅，联排或者独栋的，瓦面都是红色的居多，太阳照射下，格外的金黄和彤红。

华沙的市区比较热闹，拥挤，有点脏乱差的感觉，其实也不是很脏，就是感觉比布拉格要脏乱差一点，可能人多了，城市就这样子，所以还是人少的好。

布拉格也好，华沙也好，都是才两三百万人口的城市，所以其实蛮舒服的，安静，不喧嚣。

华沙城里的地标建筑就是这个科学文化中心了，它屹立在市中心，古老而坚毅，高耸入云，就屹立在市中心，任何建筑都不能比它高，就是这样“傲视群楼”，无与争锋。

起初，还以为它是一座教堂，其实不然，里面还有电影院等，付20元波兰币就可以坐电梯上塔顶，在塔顶你可以俯瞰华沙城的全貌。到了晚上，这古老的建筑还会变换着颜色，看上去，粉红、紫蓝，渐次幻变，像一株高大的玫瑰，又像紫罗兰，简直美极了！

清晨，我沿着这古老的地标转圈跑步，四周静悄悄的，可能人们都还没睡醒吧，但这里的小鸟，鸽子，起得特别早，它们已经在广场四周到处觅食、闲逛了，它们不怕人，这里的人也懒得理它们，大家都是自由的，独立的，闲暇的，都是这个城市的主人。

现在已经是深秋了，满地的落叶除了给这个城市增添了美丽的风景线，也像是要告诉我们，秋天已经差不多来了，接下来就是大雪纷飞，寒冷的冬天很快就要来临，请珍惜这满目的金黄吧。这个秋天还有多少这样的落叶和满地金黄呢？

仰望天空，出奇的蓝，月牙仍高挂星空，太阳升起的地方，一片彤红，霞光满天，朝霞烂漫。这时刚好一架飞机飞过，尾巴拖着一条长长的白色丝带，听说那是水蒸气凝成的，像一道彩虹，更像一颗流星，划破了苍穹。晚上望向天空，也是如此，真是好看。有时候，你会看到几架飞机同时在天空中画出了几道这样的彩带，好像有人在空中画画似的，着实美丽！

我在想，要是能把自己变成这里的一个鸽子，也是不错的呀，至少，我是自由的，休闲的，安乐的，也是奔放的……

又或者是长在这里的一棵大树，也是不错的呀，寒暑易节，落叶纷飞，大雪飞舞，我心依旧，容颜不老，屹立风中，笑看风云，何其潇洒，何其镇定，何其安稳和宁静。

哎！还是别做梦了吧，过几天我们就要和这里告别了，正如我们悄悄地来，也会默默地去，挥一挥手，带不走一片云彩……

华沙，你好啊！

疗养

有时候，即使没有病，偶尔疗养一下，也是好的。何况，现代人能有几个不生病?

不是身体上的病才叫病，心理上的病更是病。

我们现代人，整天忙忙碌碌，吃吃喝喝，经常活在灯红酒绿，声色犬马的名利场中，这样就容易生病。

疗养，就是静下心来，好好休息一下，好好静养和思考一下。

有时，我们真的不能一味地低头赶路，要走走停停且歇歇，低头看看路，也要抬头看看天，甚至欣赏一下路边的风景也是必要的。

赶路，不是我们的人生目的。苏轼说："人生如逆旅，我亦是行人。"我们是匆匆过客，哪来的永远和未来?

这让我想起了在马尔代夫的日子。

马尔代夫，实际上是一个渺无人烟的海岛。在这个海岛上，有吃有喝，非常悠闲，也非常安静，人到了岛上，内心自然也很宁静，可以说是写意的，与世隔绝的。在这样的世界里，你只有看书、休息、游泳、出海、打球、晒太阳，或者与鱼为伍，逗鱼、钓鱼、看鱼，当然还可以躺着看星星。这样的生活，融入自然，很有原生态的味道。可惜，不久我们还是要踏上征程，因为我们都还在路上……

或许，这是人类的悲哀，也是我们的悲哀！我们都无法逃掉，毕竟我们都是世人，是俗人。

疗养，最好还是在深山老林，又或者去一个荒无人烟的小岛，这样最惬意。

远离尘世，远离世俗，远离喧嚣和人群是我们最好的疗养方式。因为只有这样，你才会心如止水，六根清净，你才不会心乱如麻，满身铜臭。

将名利、成败抛诸脑后，没有高高低低、起起落落，当然也就不容易得现代人的心病。

所以，疗养是必要的，但不是在医院，而是在深山、在海岛，在那桃花盛开的地方……

人生感悟

Zhang 4

不忘初心
长征精神
尘梦
出家
炊烟
从心出发，追求卓越
匆匆
人生的事业
当你老了
老爷子走了
旅程
旅途愉快
等
赌气和斗气
宽容
富贵闲人
静
何谓静美？
“心灵鸡汤”
明
明月当空
哪种状态较好？
青春之花
清静无为
热泪盈眶
人不可以无趣
微笑是最好的随和
如果你看见
秋愁
如果有来生
善是我们一生的追求
情伤
上善若水
……

不忘初心

不忘初心，其实不只是对党员领导干部的要求。我们有很多人恐怕是忘了初心了吧？以前彼此交往密切，一旦当大官了或者口袋满了，当你再热情和他们打招呼时，他们却好像不太认识你，冷漠了，冷淡了，傲慢了，先前的亲切、热情，荡然无存，这是什么原因？变了，忘记了初心。所以，不忘初心，应该是我们每个正直的人最起码的修养和教养。愿我们永远不忘初心，谦卑友爱，善良热情，初心依旧！

长征精神

红军不怕远征难，
万水千山只等闲，
我辈太平逢盛世，
不能什么都讲钱。
人生在世几十年，
风和日丽虽好过，
风雨兼程趣味多。
长征精神是宝贝，
共产党人要牢记，
建功立业就靠它。
守护家庭责任大，
坚韧不拔才持家！
长征之路仍漫漫，
上下求索齐步跨！

尘梦

红尘滚滚来去空，

无论聚散或西东，

青烟一缕绝尘去，

台上台下都梦终。

出家

出家，这是一个什么概念？

很多人都会认为，肯定是因为受了挫折，看破了红尘才会出家的吧？

也许吧！

但是，出家毕竟把生命还留在人间，只是换了另一种生活方式罢了。

从某种意义上来说，出家的这种生活方式，可能还是比较健康、充实和清静平淡的。如果喜欢这种生活状态，其实也不失为一种可以考虑的选择。

我没有这种生活经历，也不知道这种生活方式到底适不适合自己，但细细想来，其实我们对于出家，大可不必如此抗拒和大惊小怪。

今天，终于看完了《红楼梦》，林妹妹就这样死了，而宝玉，最终还是出家了。唉！看破红尘也罢，逃避也罢，换一个生活方式也罢，只要不去寻死，出家也未尝不可以。

当然，寻死，也是一种解脱，但这种解脱，其实对比起出家，还是后者为好。出家了，肉体还是留在人间，留给了父母，留给了爱你的人，从某种意义上来说，这也是一种善。出家了，只是精神出世了，但我们还是实实在在地存在着，只是换了一种生活方式，在精神上有了更高、更深、更圣洁的追求而已，并没有什么大不了的，因此也不必伤悲，不必太过在意和介怀，一切皆可自然，也算是与佛有缘了！

对于出家的人，我们还是祝福吧！

而对于想自杀的人，我们不妨劝其是否可以考虑换一种生活方式，比如出家？

林妹妹，你太多愁善感和过于内向忧郁了；宝玉，你也太早看破红尘了吧？

出家，不是不可以，但还是看破了再出家吧。

问题是，我们都还没有尝够生命的滋味，就说看破红尘，是否这其实也只是一个假象？“看破”其实是假的，只是你自己以为看破罢了。人生何其丰富和多彩，小小年纪，未有多少经历，就说已经参透和看破，会不会太早和太武断了呢？

出家，或许真的是一种可以考虑的生活方式，不过，等我在人间玩够再说，又或者短期出家，体会一下那种六根清净和心如止水的感觉，也未尝不是一件新鲜和有趣的事。

好吧，等我看破红尘了，或许会去尝试一下！

炊烟

年复一年少天天，

青春未消已千迁，

静看庭前风云过，

不变西东是炊烟。

作者按：一年一年，一天一天，就这样又少了不知多少年，多少天？我们的青春还来不及消费、消遣，但是人生却不知有了多少变迁……静静地看着庭前花开花落，云聚云散，风云变幻，我在想，什么东西是不变的？是人，还是景呢？又或者是这个世界都是不变的？可能不变的只有那袅袅炊烟。那炊烟其实也是变的，那还有什么是不变的？恐怕没有了。在将来，我们，还有这一切一切，都将不复存在，灰飞烟灭了，一想到这，不觉悲从景来，愁由心生……

从心出发，追求卓越

是时候开始从心出发了！

从心出发，就是要从内心深处出发，从自己的心底里出发，是真心实意、发自内心、心甘情愿和心悦诚服的，是自我的觉醒和顿悟，是满心欢喜地拥抱新生活。

从心出发，就是从新出发，就是要和过去做一个告别，无论你过去有多辉煌，有多成功，有多骄傲，又或者有多失败，有多倒霉，或者有多不堪回首，都不要紧，因为一切已经过去。过去了，就是已成永远，已成历史，拿来追忆、缅怀一下，就好了，不必耿耿于怀，不必在意，更不必放在心上。无论你有什么背景，什么后台，什么关系，从哪里毕业，以前当过什么官，从现在开始，都可以通通抛到脑后，一切归零，因为那些只能会成为你的绊脚石，成为你的包袱，阻碍你进一步前进，妨害你的事业进步。

从心出发，就是要调整好自己的心情，调整好自己的态度。你可以没有能力，但不能没有好的态度；你可以没有学历，但不能没有文化、没有思想、没有内涵、没有追求、没有精神、没有气质、没有境界、没有格局、没有修养和教养；你可以没有后台，但不能没有信心；你可以什么都不会，但不能不会学习、不会思考、不会观察；你可以平凡，但不能平庸，或者太过平常。生命一定要有点波澜、有点色彩、有点深度和厚度；你可以只是一个兵，但不能永远都只想当兵，我们必须追求上进，追求进步，追求卓越。

从心出发，就是要从现在开始，严格要求自己，工作上要有激情、有干劲，要专注、要投入，不要蜻蜓点水，浮于表面，得过且过，要热爱本职工作，干一行、爱一行、专一行，要用心、要脑，肯付出、不计较、敢担当。

同志们，心就是态度，所谓心态也就是心的态度。

对工作的态度，对自己的态度，对人生的态度。

态度好不好，态度端不端正，决定了你的认识，反映了你的心智和高度，也决定了你的选择，当然也决定了你的人生和未来的命运。

让我们紧紧地握住命运的咽喉，把命运掌握在我们自己手中，勇往直前，追求卓越，从心出发，从新出发！

匆匆

匆匆太匆匆，
过儿是匆匆，
姑姑也匆匆，
你我都匆匆。
匆匆那些年，
匆匆那些事，
何时再匆匆，
回头了无踪，
奈何只匆匆？
可惜太匆匆！
不要再匆匆，
可否慢匆匆？
过儿是过儿，
姑姑还姑姑，
人间不匆匆……

人生的事业

既然死亡是必然的，而其他都是偶然的，那么我们还有什么好担忧的呢？你唯一需要担忧的是：你浪费时间了吗？你浪费生命了吗？你今生无悔了吗？你是否尽力去穷尽了人生的各种可能？

都说爱情和事业是人生最重要的组成部分，现在看来，爱情只不过是易凋谢的花朵，纵然曾经美丽绽放，但终究容易凋谢，最后只剩下落花流水，仅此而已。至于事业，什么是我们的事业？周国平说，除了人生，他别无事业。是啊！除了人生，我们还有什么事业呢？名利，权柄是事业吗？胡说八道！除了把人生这场旅行规划得轻松愉快点，过得有滋有味点，体悟和感受深刻丰富一点，我们还能有多大的事业？如果在这过程中，我们还能对别人的人生，世界的进步有所贡献和创造，就算是功德圆满，善莫大焉了！

当你老了

是啊，当你老了，这会是怎样的一种光景?

当你老了，本来也不可怕，毕竟这是自然现象，但可怕的是，当你老了，各种疾病缠身，特别是得了不治之症，那就更可怕了。

怕什么?当然，我们不是怕死!

人固有一死，死并不可怕，问题是：有的人死得轻松、痛快，有的人却死得拖泥带水，求生不得，求死不能。我们怕的就是，死得不够干脆，不够自然，不够痛快。

这几天，看着老头子住在ICU病房里，手脚被捆了，吃不了东西，靠管子往胃里输液，又说不了话，甚至大小便都要人护理，因为得了不治之症，都已经扩散到脑了，又这么大年纪，这还有什么希望?还有什么乐趣?还有什么意思?

我知道，谁都不希望看到这一切发生!

我也相信，没有人会愿意这样活着来等死!

但是没办法呀!

作为家属，我们只能想尽一切办法去延长老人家的生命；作为医生，他们也只能利用他们的医学知识去尽可能救治，但有用吗？无非就是多活几天而已！况且，这样的活法，与其说多活几天，还不如说是多受罪，多受苦，难道不是吗？你说，老头子会愿意吗？肯定是不愿意的！我们的长辈也叫我们不要过度救治，不要让老人家受那么多的罪，确实如此！但是，我们能放弃救治吗？不能，因为没有这个做法，也没有这个道理！我们能做的，只是可以让他少受点苦，仅此而已。但老人家，还是苦啊！而且，有苦说不出，有苦自己知，真的好悲哀，好无奈啊！

当我们老了，如果老成这样，我们该如何自处呢？

那时的我们，已经老到没有力气，也不能自理了。只能任人摆布，可以说是生不如死。但有什么用呢？已经老到连想死都没有办法了！

所以啊，当你老了，老到病入膏肓，我们一定不能让这样的情况发生。不是吗？

怎么能让它不会发生呢？

这，我就不能教你了！反正，我是一定不会让它发生的，一定！

当你老了，朋友，你一定不要让它老到不可控，老到不能自理，老到连死的力气都没有。

我们一定要明白：人生的大戏一定是会有落幕的一天的，主动退场有时往往会显得更加从容和更有尊严……

老爷子走了

老爷子今天下午还是走了。

这也是预料之中的了，只是没想到是今天。

其实，老爷子也是有心理准备的，他的头脑和意识一直是清醒的。自从两年前查出了肺肿瘤，他就知道自己时日无多了，所以总是一有机会就想往老家那边跑。想家啊！思乡病严重着呢！

老爷子是山东潍坊人氏，早年南下深圳工作，退休时是正处级干部，走时整整活了82个年头，留下了一个比他还大两岁的老伴和三个子女，他工作了一辈子，就只有一套福利房，我知道他真真切切是一个清官。

老爷子平时不怎么应酬，下班后一般就在家看看电视，看看报纸，就喜欢看新闻，唯一的爱好可能是看京剧。

这么多年了，他总是温温和和。他在单位是党委书记，在家里，其实地位不高，老太太才是家里的一把手，但是老爷子从来不觉得有什么，他们俩几十年来相亲相爱，相濡以沫，老太太有时发点小脾气，但对老爷子还是很关心照顾的。这次老爷子在弥留之际，老太太终日奔波劳碌，一天跑好几次医院，送饭送菜，两眼总是饱含泪水，深情似海，依依不舍，可见他们的感情有多深厚。

我是很佩服老爷子的！他的身上有很多值得我们学习的地方，比如他坚强，忍受力好，特别能吃苦，生活简朴，为人正派，慈祥，平和，从不随波逐流。他对继女视同己出，所以，继女也把他当作生父一样看待、伺候，甚至比对其亲生父亲还要有感情。这次老爷子病了，继女在医院尽心照料，忙前忙后，跟亲生的子女没有差别，同样，老爷子对她也是一样的。

我最佩服的就是老爷子对老伴的态度——忍让和迁就。你可以说他怕老婆，但我看来，那是男人大丈夫真正的气度，有所为有所不为，在他的身上，我理解了爱，那就是包容、忍让和迁就，就是不和爱人计较、争执，就是相伴到老，相濡以沫……

老爷子还有一个优点，就是他简朴的生活态度，有山东大葱、馒头就可以对付一顿了，从不奢侈，更加不会纸醉金迷。可以说，他是我党的一个真正的好干部，好父亲，好丈夫。

好同志还是走了！

人，总是要走的，他已经82岁了，就算没有癌症，又还能活几年呢？安详地走，其实并不可怕，可怕的是走得拖泥带水，走得漫长而痛苦……

从这个角度想，老爷子还算是有福的，毕竟没有走得太痛苦。我们也一再告诉医生，要以少让他受苦受累为原则制定治疗方案，遭罪的治疗手段能免则免，毕竟，多活几天并不能起死回生，只会增加病人的痛苦，硬要他多活几天岂不是折磨？所以，还是顺其自然的好……

老爷子走了，走得好安详，好安静……

然而，我知道老太太肯定很伤心的，很难过的，但她还是挺住了。因此，我们这些做子女的，更应该挺住，唯有挺住，才能让逝者安息，走得安心……

我甚至想，我们不管是谁，都应该树立这么一个观点和信念，就是生者为大，一切都应该先考虑活着的人，凡是有利于他们健康快乐地生活、生存的，我们都应该赞成和感到高兴。我们应该少讲一点形式，多重视实质，行孝在平时，而不是死后，更加不应只看重仪式。

有人认为，出殡的时候，最好全部子孙都来参加，因为这样儿孙满堂，才够气派，才够孝顺，真的是这样吗?

我对此坚决反对。

生命最高的境界，应该是哭着来，笑着走。

我们走的时候，就应该是静悄悄的，何必打扰他人?这一点，应该学习徐志摩，挥一挥衣袖，不带走一片云彩……

况且，有必要让小孩子参加这样悲伤的告别仪式吗?要知道，那场景，那哀乐，那氛围，那种呼天喊地，让人好受吗?所以，我认为没有必要为了排场，让小孩子美好的心灵从此烙上了这忧伤的印记。何必呢?

有什么痛苦，我们来承受，有什么困难，大人来面对就好了，何必拘泥于形式，非得拉上小孩，让他们幼小的心灵从此蒙上了阴影？

对此，我是真心不忍和坚决反对的！

小孩子的世界里，就应该只有童话故事，只有阳光灿烂，只有朝气蓬勃，只有美好明天，难道不是吗？

老爷子走了，从此，我少了一个学习的榜样！我党也损失了一个廉洁、正派、刚直，有优秀传统的好干部……

老爷子，您安息吧！一路走好！我们会想念您的！

旅程

什么是旅程?

旅程就是始终要下车的

旅程累不累?

累中有乐

我太累了，不想走了

于是，我下车

他们说我傻

我笑他们太痴迷

于是，我走了

很逍遥，很轻松自在

而他们，还累着

最后，我们相遇了

殊途同归

都一样的圆满

旅途愉快

何止是童年回不去？我们的昨天又昨天，全部都回不去了！

自从来到这个世界，我们就坐上了一趟只有前行没有后退，只有新景没有旧貌，单程而且没有终点的旅行列车……

在这趟车上，人来人往，上上下下，络绎不绝，有人欢喜有人悲伤，有歌声笑声也有哭声叹气声，不管怎样，我们开心过，伤心过，也可谓来过、活过，酸甜苦辣，有味道就好，有故事就好……

这一路上，我们会遇到好多人，但没有谁会陪我们到永远，有时我们先下车，有时是我们的亲朋先下车。总之，想继续看风景，就得一个人继续上路，就得学会与孤独相处，学会看破、放下和忘怀，特别是那回不去的，不管是昨天还是童年……

其实，不需要太过悲伤！

这一趟列车，还是有很多好玩的、好吃的、好看的、好有趣的……

还是好好享受我们当下的旅程吧！

不管明天是否下车，今天玩够了、乐够了再说！

至于回不去的那些往日时光……让我们在内心里存一页美好的印记留作缅怀吧！

等

等吧！即使等到花儿也谢了……
等吧，花儿谢了又算什么？
还是等吧，即使等到海枯石烂又何妨？
对，就这样一直等下去……
等，其实算什么？
我们不是一出生就在等，就开始等吗？
等，一直都是我们生活的主题和动力！
试想想，没有了等，我们还要什么希望呢？
就是因为等，可以等，我们才有了盼头。

等吧，即使等到花儿也谢了……
花儿也谢了，又算得什么呢？
花开花落，春去秋来，本是常态，
我们就等吧！别人知不知道，又如何？
自己知道不就行了吗？

等吧，就让花儿慢慢地谢吧！……
落红不是无情物，化作春泥更护花……

作者按：

这是我在听了张学友的《等到花儿也谢了》后，写下的一点感想。

赌气和斗气

为什么要赌气和斗气呢?

因为放不下，放不下尊严，放不下面子，放不下愤怒，放不下太多东西了!

放不下，就不能原谅，就不够宽容，就不算是爱。

一个人，只要心中有爱，他就能够放下，能够宽容，能够原谅别人，更不用说原谅自己人。

赌气和斗气，最不必要了。既伤心又伤身，还伤了和气，伤了别人，又伤了自己，何必呢?

其实，多大的事?不就是那点生活的小事，琐事罢了，又何必耿耿于怀?

原谅别人，就是原谅自己，因为在你原谅别人的同时，也得到了别人的原谅。

谁说你自己就一定是对的?

站在我们自己的立场，其他人都是没理的，只有我们自己才是有理。

但事实上真的如此吗?

我们不要太过自信，更加不应该自以为是。

这本来就是公说公有理，婆说婆有理的世界，哪有绝对的真理？唯一的真理，就是放下！放下，就是爱！就是宽容！就是向前看。

赌气和斗气，只能让我们失去义气，少了大气和帅气，更让我们没了朝气和勇气，最终都只能是失去。

宽容

常言道："海纳百川，有容乃大。"讲的就是宽容。

宽容，不仅仅是一种美德，更是一种境界；它可以反映一个人的道德修养水平。我们常说的肚量大、气量大、心胸广讲的都是宽容。古人说："宰相肚里能撑船。"还说，弥勒佛之所以挺着大肚子，是因为要容尽天下难容之事。可见，宽容是从古至今对我们做人的要求。

我们既要宽容别人，也要宽容自己。虽说严以律己，宽以待人，但有时，我们也应对自己宽容，宽容自己就是意味着允许自己有失误，允许自己不比别人强，对自己不能太苛刻，太自责，要求太高，否则，只会令自己活受罪。有的人做错了事，自己终究不能原谅自己，以至于发生一些可悲可叹之事，实在没有必要。

对自己宽容其实很容易，君不见人们常以此为自己找借口。反过来，真正难的是对别人宽容。宽容别人意味着允许人家犯错，意味着肯原谅别人，意味着不记恨，不紧要，不在意，不纠缠，不眼红，不敌视，不生气……人非圣贤，孰能无过？有心无心，过少过多都一样，就看你的心如何衡量了。有时候，当你和一个你讨厌的人相处久了，也会发现他的身上其实也有很多优点和可爱之处，人人都有善恶美丑……

我们既要宽容别人，恐怕还得学会对我们所处的社会宽容一些。时下，我们常会听到一些人埋怨，对社会上的一些现象看不过眼，自怨自艾，说穿了，就是不够宽容，没有学会感恩。此外，我们还应该客观地看到，我国这几十年真的进步很大，说日新月异，翻天覆地一点也不为过。当然，和发达国家比我们还有差距，和群众百姓的要求和期盼也有差距，这点要承认，但我们能要求我们的国家一步登天吗？我们做事情能一蹴而就吗？显然不能，抱怨也于事无补。

事物有它自己的发展规律和发展速度，历史亦然，国家更是如此。可以说，近几十年中国是历史上难得的太平盛世，国富民强，看看我们的生活水平逐步上升，就知道我们国家的进步有多大，人不能和别人比，正所谓“人比人，气死人”，我们要和自己纵向来比，和过去比，国家也是这样，可以把别国作为追赶和学习的目标，但要比较只能与自己的历史对比，因为各国国情不一样，这样比也不公平，不科学，不合理。

因此，我们要学会对社会，对别人，对自己都要宽容。

富贵闲人

富贵闲人，此名确好！

富贵难得，闲散亦难得，然两者兼得，可谓难上加难。其名之好，好就好在难得二字。

富贵，吾之所好，闲散，亦吾之所爱，若二者兼得，岂不逍遥，岂不快哉！

然富贵难得，或看造化，或看运气，但闲散较易，若不可兼得，吾宁闲不富，取闲舍贵，盖闲则逍遥，闲则悠然，闲可延寿，闲可康乐。

富贵有何好？好则虽好，然若无闲散，富贵与我何干？与我何用？与我独忙矣。忙即心死，心死则麻木，麻木就是淡然，就是不仁，就是无情，无情则无趣，无趣则人生何乐焉？无趣无乐之富贵何用哉？

是故富贵难得，其实闲散更难得，本来闲散并不难得，唯世人求富贵之心太切、太急，竟忘了富贵之根本，之目的，之意义，到头来本末倒置，富贵终究亦不过南柯一梦，岂不可悲，可叹，可戒焉？

故曰，富贵闲人，确实好名，其名可羡，其境可想，其意可知，其好当赞。

无奈，幽僻处可有人行？点苍苔白露泠泠，则又使人猛然清醒，富贵闲人何去何从？

罢了，罢了，困觉是了！

静

一个静字，貌似简单，实则复杂，境界之高，内涵之深，非一般人能明了。静之功力，不仅在美，更能至远，尚能为安，唯须细细体会，慢慢琢磨，方能知之。人身当动，人心须静，人生则应动静皆宜，动以养生，静以修身，该静则静，当动才动，静能安心，心安则平，平则有安，安静故美，平静就好！

何谓静美？

都说生如夏花之绚烂，

死如秋叶之静美，

何谓静美？

自然而然落也……

琼瑶所言甚是！

生无可选择，

死倘能安乐，

人生可曰完美！

“心灵鸡汤”

有的人很反感“心灵鸡汤”，因为他们喝多了，喝腻了。

也许是喜好不同，兴趣不同，专注不同，认识不同，对生命的感受、体验不同罢了。

一篇文章，不管是“鸡汤”与否，读完之后，反正我会从中得到教育。有启发吗？当然！有感悟吗？肯定的。

这让我想到了修养和教养这两个词。教养，要受教，才能养成。修养恐怕更多的还是要靠自己。

怎样修才能养？至少你得谦虚好学、海纳百川吧？所以，即使是“鸡汤”，也不怕多喝的。不过话又说回来，“鸡汤”喝多了，人不是变胖，可能真的会变傻！你可别不信，百无一用是书生啊！

从前，有位领导当面斥责我：你是不是读书读傻了？

我在想：其实我读书并不多，再想想，真的觉得自己有点傻！而且还傻得不可爱，可悲啊！

好了，“鸡汤”暂时不喝，还是早点睡吧，或许这样可以好梦……

晚安，好梦！

明

明是什么？

明白？要明白，得先明理。

如何明理？读书明理！古人是这么说的。

明理很重要吗？重要。不是说要明白做人处事的道理吗？都说要做一个明白人，因为明白人可爱、可亲、可敬，情商高，智商相对也高。

怎样才算明理？答案比较复杂，也比较高深，需要历练，更需要深入地观察，思考和总结。

先从明己做起，这是基础，也是根本，即有自知之明。

这个有多难？也挺难的！哲学家都还没搞懂，“认识你自己”本是希腊德尔斐神庙门楣上的格言，苏格拉底将其作为自己哲学原则的宣言。可见，认识自己，是一个重大的哲学问题。

那岂不是很难？说难不难，说易不易。

说难，那是因为很多人都缺乏自知之明；说易，认识自己毕竟比认识他人要容易吧？不知己，焉知人？

不是说，知己知彼，方能百战不殆吗？

可见，战胜别人先得认识自己，了解自己。

人贵自知，很多人就是缺乏自知，所以屡屡摔跟斗。

所以，自知之明真的很重要。

那么自知要知道什么？要知道自己有多少斤两，更要知道自己真正需要什么、追求什么。不要因为主观喜欢，就盲目追求。好比叶公好龙，但一见真龙却害怕起来。

一朋友，问其喜欢当领导否？曰喜欢，非常喜欢。再问其为何喜欢？曰权势、名望、地位、满足感。追问其喜欢应酬否？非也。喜欢喝酒否？非也。喜欢忙忙碌碌否？非也。喜欢常在河边走否？又非也。最后问其当真喜欢当领导否？朋友想了想，曰罢了，还是不当算了！

这就对了！要问问自己真的需要什么，喜欢什么，不要人云亦云，随波逐流。保持一颗澄静的心，经常和自己聊聊天，了解自己，才能自知，然后达到“明”的境界。

明字虽简，只有日月，然日月之事，又何尝简单呢？

一个明字，何其深奥啊！

明月当空

今晚的月亮又大又圆，好亮堂！满天的星星，就像一双双眼睛在看着我们，不眨眼，也不移动，只是偶尔会被云彩遮住。今晚无云，看得清清楚楚的，原来它们一直都在远方静静地闪烁着，就像北斗七星，形状和位置都是固定的，真是太神奇了！

这世界这么神奇，又如此有规律，是不是冥冥中早有安排？

今晚的月儿，让我想起了八月十五，想起了中秋。

一年又过了一大半了，眼看中秋很快就又到了，今年中秋过后，国庆就不远了，国庆一过，这一年也就又差不多了。

年复一年，这样的一年又有几多呢？

人生不过百年，掰着手指算，匆匆数十年其实也真没多少。

人生何其短暂啊！

旷达如苏轼，也慨叹“人生如梦，一樽还酹江月”。

我想，秦时明月汉时关，秦时的明月也和今晚一样吗？

可能真是一样的。只是物是人非罢了。

睹物思人，我们又想起了谁呢？

远方的亲人、故人，又或者情人？

都不是……

只是想到我们将来都要作古，未免有点伤感和不舍罢了！

可能你又会想劝我不要伤悲，不要自作多情，也没什么好不舍和感叹的。

是的，你说得可能都对。可是你不是我，又怎么能理解我的触景伤情，又怎能让我按你的标准来理解人生、认识人生呢？如果世人都似你这般潇洒，这般积极乐观，恐怕我们都读不到唐诗宋词传世的佳作了，我们的精神世界里也没有柳永李清照了，也不可能与仓央嘉措产生共鸣了，不是吗？

所以，我们还是“各家自扫门前雪”吧。我们家瓦上的霜，就让它留在那，我自己看着、留着有感觉，也算是我的生活，情感和诗情画意了！

唉，明月当空，对酒当歌，就缺葡萄美酒和夜光杯了！

语无伦次君莫笑，古来征战几人回？

哪种状态较好？

想近人而无人可近，谓之寂寞；想做事而无事可做，谓之无聊。那么，有太多的人可近，就叫热闹；有很多的事可做，当然就叫忙碌。寂寞或热闹，无聊或忙碌，你到底喜欢哪种状态？无人可近，离自己更近了；无事可做，就可以和自己多交谈。热闹，不外乎吃吃喝喝，说说笑笑，醉生梦死；忙碌，容易麻木，也容易忘我。自己都忘了，灵魂肯定丢了。

你说，哪种状态较好？领导，名人，成功人士肯定热闹和忙碌；老百姓，闲人，普通人和我等小人物肯定有较多的寂寞和无聊。当然，智者，哲人，伟人还有怪人，可能例外。总之，在热闹忙碌和寂寞无聊中，我宁愿选择后者，我宁可陪我的寂寞多坐一会，陪我的无聊多打发一些时间，也不愿热闹过后承受空虚；忙碌之后，虚脱麻木。

还是让我寂寞一会，和无聊多待片刻吧！

青春之花

天高云淡花正开，

春回大地盛装来，

人间美景处处有，

青春已去难开怀。

清静无为

食之无味，弃之可惜！

廉颇老矣，尚能饭否？

从新出发，一切归零，正当其时？

人在天涯，面朝大海，心似浪花……

诗与远方，泪眼蒙眬，情归何处？

路漫漫兮，对酒当歌，一醉方休！

酒醒何处？晓风残月，愁上心头……

人生境界，心如止水，清静最优！

热泪盈眶

《达摩流浪者》一书中，有这样一句话：“永远年轻，永远热泪盈眶！”

好一个“热泪盈眶”！这其中饱含了多少充沛的感情，多少情到深处的感动？人，最怕的就是麻木不仁，丧失了知觉。不会感动，就变成了冷漠无情，无动于衷，与行尸走肉何异？所以，热泪盈眶，那是一种多么高尚的情感，是多么真挚的一种体现！

人不可以无趣

人不可以无趣。

此乃实话！且是大实话。

今读《红楼梦》，亦觉有趣。虽则人物众多，角色纷繁，节奏缓慢，但细细读来，妙趣横生，笔下生辉，情趣皆有，着实好看。特别喜欢的是，姑娘们玩的吃酒赏花，吟诗作对，诗社雅集，行酒令，甚是高雅，当真有趣。

回想我辈，今日之乐，未免俗套，无非麻将，或者K歌，或者吃喝，偶尔运动，间中旅游，已属高雅。闲来读书，恐被耻笑，书呆子乎？如若舞文弄墨，则文艺青年，疑有病焉！唯攒钱享乐，追名逐利，视为正道，是故炒炒股，炒炒房，亦属乐事，但同样少趣，徒添利耳。

仔细想想，当今之时，何为有趣？又如何有趣？

吾以为，在人生，凡事情，经历是趣，丰富是趣，有味是趣，深刻亦趣。

至于人，不落俗，不庸俗，不粗浅，不低级，不下流，不卑鄙，不无耻，不残暴，能风趣，能幽默，能从善，能真美，能积极，能入流，或可称有趣，不知对否？

总之，人确不可以无趣，否则生有何乐？

微笑是最好的随和

随和不容易，有时我觉得，脸上总挂着微笑的人，其实也挺不简单的。特别是那些发自内心的微笑，更是很难的。

我总觉得，那些会笑、能笑的人，一定是阳光、乐观和善良的，他们的内心应该总是满满的幸福，不然怎么笑得出呢？

在这个充满压力的浮躁时代，本来就活得“压力山大”，哪来那么多可笑的东西？有时，我也想笑，但真的笑不出，即使笑了，也是皮笑肉不笑的，肯定很不自然，这点我很佩服演员唐嫣，你看她笑起来多甜美和灿烂啊！

随和，也是一项不容易炼成的素质。

特别是当人们当了大官或者成为了所谓的成功人士时，如果依然保持随和，那就更不容易了！

我们常常看到，有的人一旦升迁了或者发达了，就变得冷漠，也不爱笑了，傲慢得不得了，这不仅是修养教养的问题，我看也是格局的问题——格局太小了！这种人首先不是善良友爱的，也不可能是热情洋溢的，更不会是仁慈和富有同情心的。他们自我感觉良好，高高在上的，眼睛从来都是往上看，我不知道他们对群众还会有什么样的感情？人一旦变得不爱笑了，自然显得高傲和冷酷，离随和就越来越远了。

哎，我还是喜欢会笑的人！

微笑，让人变得更美！

如果你看见

如果你看见，
风吹和雨打我都没有倒下，
那不是因为我有多么的坚强，
而是倒下了只会更加悲凉。

如果你看见，
面对苦难和折磨我都没有哭泣，
那不是因为我有多大的毅力，
而是哭泣只会传染更坏的情绪。

如果你看见，
困难和痛苦都没有让我退缩，
那不是因为我有多么的勇敢，
而是退缩只会让人更加凄惨。

如果你看见，
艰难和困苦都没能把我打倒，

那不是因为我有多么厉害，

而是挺住了希望才不至于减少。

如果你看见，

命运和不公是怎样对我，

你或许就能理解为何我这样的眼浅，

命运的奇迹啊，你何时才能显现？

编者按：

这是作者在一次遭遇人生重大变故、悲观决绝的情况写下的自我勉励的文章。

秋愁

唐代诗人王建曾写道："今夜月明人尽望，不知秋思落谁家。"

很快又到中秋了。

中秋，是月圆之夜，是团圆的时刻。可是，今年的中秋，还能团圆吗？

以前，每当出去散步，看到又圆又大的月亮，总是难掩心中的兴奋，难免边走边看，总是看不够，瞧不完，好像遇见了美丽的姑娘，情不自禁地对其行注目礼，顿觉自己童心未泯。

今晚散步，倒是没有发现月亮的踪影，反而秋风瑟瑟，阴凉阴凉的，开始有点冷了……

是啊，秋天已经来了！很快就是中秋了。

今年中秋，到底要怎么过呢？还能怎么过？"秋"自多了一个心，一份心，就是一个"愁"字啊！

愁什么？秋天来了，心思多了，心事有了，自然就"愁"。

愁在眉头，烦在心头。因为今年没有办法团圆了，老人家已于昨夜驾鹤西去……

好端端一个人，前几天还在，今儿就不见了，而且是确定今生都不可能再见了。月明人尽望，秋思在谁家？

世事令人唏嘘！人生无常，秋天来了，怎一个"愁"字了得！……

如果有来生

如果有来生，我要做一棵树，它可以很高傲，可以沐浴着阳光，也可以给人带来阴凉。

如果有来生，我要做一棵树，它可以很安静，也可以很独立，没有疾病和潦倒的凄凉。

如果有来生，我真的很想做一棵树，它可以长生，也可以不老，还可以和青山绿水永远相伴。

善是我们一生的追求

善，就是美！

善，就是爱！

善，是我们一生的追求！

以前，我们以为做善事只是富人的事。现在，我会明白，行善可以是捐款捐物，也可以是捐笑、捐言、捐行。

让我们日行一善吧！哪怕是小善，终究会汇成大善的洪流。

情伤

人老力衰病恹恹，

寻医问药路漫长，

自古人生多磨难，

生离死别情更伤。

上善若水

我们都应该学会与往事道别。

每天，当太阳升起的时候，我们就要轻装上路了，只能勇往直前，只能随遇而安，要学会像水流一样曲折前行，要能屈能伸，该拐弯就拐弯。总之，快乐前行，迂回前行，轻松前行，走到哪就算到哪。

明天会怎样，谁知道呢？走好脚下每一步吧。

生命的目的和意义

我常常在想，生命有什么真正的目的吗？

小时候，我只知道吃好、玩好，这就是我全部的追求和目的。长大一点，读书棒棒的，考试好好的，那是我全部的任务和想法。到了青春期，除了考试、升学，我们还有对爱情的追求。工作后，升迁、攒钱、成家、立业、玩乐，就成了我们的目的和意义。

人到中年，健康和快乐可能是我们最深切的期盼。到老了，恐怕健康长寿就是我们的梦想了吧？

最后，生命还讲什么目的和意义呢？

每一个阶段，我们都有不同的追求；每一次成长，我们都会有不一样的收获；每一种人生，都可能有千种风情和万般滋味。

那么，到底生命还有什么意义呢？

别瞎想了！

活着，就是目的。

好好活着，就是意义。

活出精彩，就是成功！

人生，讲的就是味道，丰富、精彩、有味、深刻就好！

健康无价，快乐最真！

如此而已。

生命与生活

生命有长有短，还有丰富与否，精彩与否，健康与否，快乐与否种种形态，但我们很多人却只重视生命的长短，其他则考虑不多。

可能你会说，很多人都挺重视健康的呀。君不见很多人整天忙应酬，忙工作，甚少运动，贪吃、贪玩、贪名、贪利、贪权、贪色……这样糊里糊涂地活着，他们有没有认真地思考过生命的真谛呢？

生命不在乎长短，更不为名利而来，100年长吗？几十年难道就短啦？对照人类历史来说100年算什么？对生命来说，几十年也可以是永恒。难道生命当中只有名和利吗？

生命虽长也短，因为都难逃一死。如果增加不了生命的长度，但我们可以增加它的密度和厚度嘛。生命可以丰富而且精彩，也可以多姿而且动人。健康就好，快乐足矣！

有了这个基本的认识，我们对生活就应该有一个不一样的态度，生活就应知足常乐，随遇而安。生活就可以简单、宁静、平凡，我们就可以耐得住寂寞、孤独，我们也就不会怨天怨地，更不必在意功名利禄，钱财得失，一切都会变得随意，我们就可以随遇而安了。

当然，进取是必须的，但结果已不重要，可以试着更享受过程……

生命即使不长，也不精彩，更没有惊天动地，但生活也可以很开心、很满足，很踏实，很写意！不是吗？

健康是我们一辈子的事业

难得今天有太阳，于是决定出去晒晒太阳。

大运公园的绿道还是搞得很不错的，起码够大。

走在绿道中，仿佛置身山中、林间，也可以说是世外桃源了。

今天的天气很好，晴空万里，太阳当空照，真是个阳光灿烂的日子。

可能因为阳光灿烂吧，人的心情也是春光明媚的，这绿道，一路走去，忽然发现，树木郁郁葱葱、苍翠挺拔，两边的野花虽没有争奇之心，但确也有斗艳之意。

仰望天空，辽阔而亮丽，蓝得惹人陶醉。此刻才发现，谁说我们一无所有？我们不是拥有蓝天白云，拥有日月星辰，拥有花花草草，拥有山川河流吗？像这大运公园，岂不也是我拥有的吗？我想什么时候来就什么时候来，想留多久就多久，想坐就坐，躺就躺，这与属于我们的何异？

因此，不仅活着是“王道”，健康才是真正值得我们拥有的。试想，如果没有了健康，我们到底还有什么？只要有了健康，我们就可以拥有这整个世界，包括这日月星辰，大千世界，当然还有诗和远方……

有时候，我们真的很担心自己会失去健康。因为生老病死不仅是人之常情，更是因为耳畔频闻故人去，但见眼前多少年。可是担心又有什么用呢？还是今朝有酒今朝醉，得快乐时且快乐吧！重要的是，我们应当珍惜当下，认清生命的本质，要找回那个属于我们真正的自己，难道不是吗？

让我们都健健康康，把健康当作我们一辈子的事业。

当然，身体要健康，精神同样也要健康，总之，要活得健康。

健康，是我们安身立命，治国齐家平天下的革命之本，愿上天庇佑！

为健康干杯！

生命之旅

生命来来往往，
来日并不方长，
今朝抬头看路，
明日收拾行装。

坐言就该起行，
念想不要珍藏，
人生虽也苟且，
梦里仍有远方。

既然日子不长，
那就告别家乡！
挥一挥手别哭，
鸿雁飞过大江。

什么才是好？

小时候，我们追求学习成绩好；

长大了，我们希望爱情甜蜜到老；

工作后，我们期盼升官发财不能少；

到老了，才知道健康比什么都重要！

说到底，想法和活法也是需要成长的！

这么说，人到中年又应该追求什么呢？

轻松自在，潇洒从容，健康快乐才是宝！

收拾行装

今天，读到这样一个句子：按照某些东西方圣哲的先例，五十岁就是该收拾行装准备告别人生的时候了。

我忽然读不下去了。合上书本，凝望窗外，满脑子的思绪乱窜，眼里什么都看不见，只有莫名的忧伤。在这死一般寂静的黑夜，突然有点黯然泪下。

是啊！我们都还没年轻够，怎么这么快就说老了？

说老了也就算了，竟然还催促我们收拾行装，这就不能不让人感到悲伤和唏嘘……

我知道，先贤圣哲他们觉悟比较高，思想境界也高，所以他们早就看透了生死。但是我们不如他们，我们虽然知道，人终有一死，但哪有这么早啊？

也许，我们误会他们了，他们只是有提早收拾行装这习惯，不像我们，不到出发前一天，我们都不着急，也从不收拾。

当然，早点收拾，走的时候会比较从容，不会遗漏什么。

旅游的时候，我一般都会提早好多天准备，当然也是早早收拾的，今天收一点，明天收一点，就怕有什么忘了带，想起了，就又收一点。所以，出发的时候，我一般都不慌不忙，比较从容和轻松，都是我在等他人。

我知道，一谈到死亡这类话题都比较沉重。我们从来都不太愿意正面面对这个话题，都比较忌讳。

在人间，死亡和性是人们最忌讳、最不愿意谈论的话题，但是从我们懂事起，也就是当我们告别童年起，这两个问题其实就一直困扰着我们。的确是沉重了一点，但我们还得面对。

可能你会说，到时再说。

是的，可以到时再说。但是，一定有“到时”吗？如果没有呢？如果来不及呢？

算了，还是别想了！

其实我也不想啊！我也没有主动去想这个问题的，但读书就是读到了，这该怎么办？视而不见充耳不闻吗？会不会有点阿Q？逃避好像没用！

要想就想透它呗！不是说要看透，要放下吗？同样，不想透，岂能看透？不看透，又如何放得下？

放不下，会走得好悲凉的！

可是能想透吗？我也不知道。

不想了，夜深了，一会还要做梦呢……

晚安！希望今晚能做个好梦！

死的思考

恐怕死亡并不是人类的专利吧。只要是动物，都会死。

是啊，有生就有死，谁也回避不了，怎么办？

随遇而安就是，来过人世一趟，体验过了，何憾之有？但求死得其所，死得痛快，死得了无牵挂……

蒙田说：“让我们随时收拾行装吧，要有明天就可能告别尘世的准备。”是这样吗？

他们说，谈情太老，说死太早，真的早吗？

这个话题太沉重了。大家都很忌讳，可是不说，我们就不会死吗？

其实，我们真的缺乏死亡教育，缺乏对死亡必要的准备，以至于当意外来临的时候，我们很多人都没有安排好后事，什么也没有交代，难道这也是一种负责任的态度？

算了吧，反正这是必须经历的，是改变不了的。

我们能做的，就是过好每一天，最好把每一天都当作最后一天来好好地过，珍惜当下吧！

好运，晚安！

顺其而生，自然而死

生老病死这是谁都无法改变的自然定律。从这点上来说，大家都是公平的，因为都难逃一死。乔布斯死了，但他说“死亡是生命最好的发明创造”。

是的，死亡其实并不可怕，也没什么好遗憾的，因为死亡只不过是生命存在的另一种形式，就好像婴儿在妈妈肚中，我们虽看不见也听不着，但它确是活着，而且只有妈妈才能体会得到；人睡着的时候，其实和死亡并无太大的分别，我们将睡眠的状态理解成生命的一种存在形式。同样地，我们也可以把死亡理解为生命的另一种存在，只是这种存在不易被理解和接受罢了。

说死亡并不可怕，是因为它其实是另一种永生，况且生死相对而存，没有死何来生？如果只有生没有死那才叫可怕，地球早就人口爆炸了……

死亡没有什么好遗憾的，因为人生就是一次旅行，旅途再长也有结束的一天，景象再好看，也是看不完的，因为世界是无限的……难道我们会因为旅途结束而遗憾吗？如果是这样，我们何必出门旅行？总是遗憾而归，何必呢？事实上，我们大多数人的每一次旅行还是能尽兴而归的，同样，人生的旅行我们也可以尽兴。

死亡不可怕，可怕的是惧怕死亡。一个人越是怕死，可能会死得更快，因为他天天生活在恐怖当中，心灵得不到安详和放松，真是生不如死，生即是死。面对死亡最好的办法就是坦然，就是平静，重要的是顺其自然并有所托付和安排，这样，我们就不会有牵挂和顾虑，就可以走得安详，走得轻松。

虽然，我们不怕死亡，但这并不意味着我们可以不珍惜生命，甚至去自杀寻死。自杀已成了一个严重的社会问题，说穿了，自杀就是在逃避，在推卸责任，是懦夫的行为。死是一件很容易的事情，它并不需要勇气，只要一时冲动即可，而且可以永远解脱。但死者已矣，生者如何？痛苦的是生者，难道我们就真的忍心让所有的责任和痛楚由生者来承担吗？所以，死并没有什么，难的是生。生又何其难啊！生是要勇气的，生要克服太多的困难和苦楚了。但是，人生的旅行不是也就为酸甜苦辣而来吗？难道我们的人生大餐就只有一味甜蜜？单单尝到这样的一味小菜能算什么盛宴？

须知道，吃得苦中苦方为人上人。酸甜苦辣都是我们的人生。

其实，何必寻死？寻死无非是你觉得痛苦不堪，想逃避和解脱罢了，如果死真能解决问题，那简单，你就当你自己已经死了不就行了吗？可能你还理解不了，让我问问你：现在的这个你已经不是从前那个你，从前那个已经死了，现在的你只是一个“行尸走肉”，已没有了感觉，故无欲也无求，也不应在乎，因为你已经是死了，难道你还能还会在乎吗？你都已不能也不会在乎，那还会痛苦吗？既不能也无法感到痛苦又何必一定要死？死亡只不过是另外一种存在形式，我们又何必拘泥于形式，让亲人难受？寻死又太过自私了！……

让我们都珍惜生命吧！顺其而生，自然而死，死也是生。

随遇而安

卖了深圳的房子，搬到别的地方去住，这个想法我也曾经有过，不过是一闪而过，能行得通吗?

父母怎么办?老人家怎么办?他们需要人照顾时找谁?我能忍心抛下他们吗?

孩子怎么办?他们还需要照顾和守护。

就连我们自己，生病了怎么办?乡下会有好的医院吗?

闷了怎么办?当然，也可以找点事情让自己消遣一下。

可是朋友们和亲人呢?我们难道不需要亲朋好友?又或者，我们重新交朋友?

这边的事情怎么办?我们总不可能把在这边的根都给拔掉吧?不拔掉，这边的事谁打理呢?

噢，天啦!这么多问题，难道换个环境真的可行吗?

恐怕也是好山好水好寂寞，再加一个好难啊!

想想就算了!

走过国外不少好地方，房子的价钱还比深圳便宜多了。

据说在东欧，两三百万就可以买到一个别墅，公寓就更便宜，听说在美国加州，七八十万美金也能买个别墅，但你会去吗?

有房子住，那工作呢？你靠什么生活？又怎么打发时间和寂寞？家乡的一切，都能放下吗？

唉！还是算了吧！这辈子就是这样啦！

正所谓，生死有命，富贵由天！

晚上在看小说，《穆斯林的葬礼》，正看到韩新月因为去探视她父亲，突然心脏病发住院，自己还懵然不知有多严重，还惦记着要参演《哈姆雷特》的英语话剧。医生说她好严重，我一下就被她吓住了！怎么一个青春年华，美丽善良的北大才女，会突然发生这种事情？这《穆斯林的葬礼》到底是为谁举办的？不会是为韩新月同学的吧？我的心一下就被揪住了！

你们千万别说这是小说，小说里的事才真呢！除了人名是假的，其他的都可能像现实那样真！

虽然，我们努力，我们也可以做选择和决定，好像这命运掌握在我们的双手，但是，你什么时候出生，你在怎样的家庭出生，你出生在什么样的年代，什么样的地方，会碰上什么人，将来能受到什么样的教育，还有你的性格、天赋、秉性，请问哪样是你能够选择和决定的？

其实，你所做的一切，做的任何选择，都和你的性格、思维方式、受教育的情况，还有你的际遇、阅历有关，这些难道不是命运早就为你安排好的吗？

不管做什么选择，不管走怎样的路，我们只需要安安分分，只需要顺其自然，只需要随遇而安，只需要平平凡凡，简简单单，心如止水就好！

谈什么

谈情已老也不老，

谈死太早未必早，

谈情谈死都沉重，

谈天说地最逍遥。

笑对命运的安排

我们到底该不该相信命运？相信又怎样？不相信又会有什么结果？我们能改变命运吗？

这些问题，真不是轻轻松松能够回答的，得有些经历，有点年纪，不然不好回答，就算回答了，也显得肤浅和不深刻。

命的问题，不是你信不信，而是必须信，否则，你必然头破血流，永远也不可能快乐！

我们活着是为了什么？还不是想快快乐乐？但快乐靠什么？靠知天命。什么是天命？天命就是自然规律啊！天命不可违。违抗天命就是逆天而动，能有什么好果子吃？

虽然，我们好像可以改变我们的命运，命运也好像掌握在我们自己的手里，但事实上，有时候我们没有办法选择，只能接受，只能顺流而下或者逆流而上，不管有什么困难，都只能如此。

我们所能做的，就是顺其自然，随遇而安，要重在享受生命的过程，不要在乎事情的本身和结果，悲也好喜也好，都是一种滋味，一种经历和感受，何来得失？又何来成败？更谈不上悲伤！应该做到处变不惊，宠辱不惊，不以物喜，不以己悲。得失随缘吧！

事实上，所有的事情，最终都只有一个结果，那就是，尘归尘，土归土，烟消云散。

尽管，我们可以通过努力，可以改变一些事情的结果，但说到底，其实是顺势而为。

就算你迎难而上，改变了事情将要发生的结果，但你为什么可以做到？还不是因为你的决心，你的勇气和坚持。是什么造就了你的这些品质？正是你所受到的教育、经历、性格以及你身边与你的生命息息相关、紧密相联的一些因素在发生作用。说到底，这些因素是你能改变的吗？

所以，我们的命早就被上天安排好了，没有人能改变得了，但也没有人可以告诉我们，你的命运会是怎样。一切早有安排，这就是真理。

笑对命运吧！这样，我们会过得好些，快乐些，但是请不要误会，我们不是叫你放弃，也不是叫你随大流，可以随随便便、马马虎虎，可以找借口不努力。相反，我们在命运面前，更加不能退缩，因为失败不是必然的，说不定柳暗花明又一村呢？

我们说相信命，接受命，服从命，讲的是对事情的结果不能太看重，不必太在乎，不要太计较。你可以渴望并且热切地追求心中向往的那个结果，但谋事在人，成事在天。尽力就可以了，结果已经不那么重要了。难道事情的本身和过程，不是我们更应该在乎和关注的吗？

朋友，得失随缘吧！

笑对人生，就是笑对结果，就是对任何命运的安排都可以笑纳！

就让一切随风

好久也没有像今晚这样静静地坐在书房听听音乐，看看书了。感觉就是不一样！

当古琴声响起，那拨动的似乎不是琴弦，是我内心深处的琴弦，更是尘封的心弦，一下子就震动了，清醒了。

听那古琴，不是《高山流水》，也不是《梅花三弄》或《渔舟唱晚》，只有煎熬，那是内心的煎熬，生命的煎熬和叹息。听着琴音，眼前是大雪纷飞，是落花流水，是春去秋来，寒暑易节……

杨绛先生在《我们仨》中写到，我们仨最后都失散了，当然是惋惜，是叹息，是怀念，是追忆，是不舍，是浓浓的天伦之爱。

其实，用一辈子作为尺度，谁和谁又能永远不散呢？散，是必然，正所谓天下没有不散之宴席，不是吗？

只是，这聚聚散散，分分合合，离愁别绪的，也着实让人悲伤，难过，煎熬啊……

好久也没有写点东西了。

写什么呢？

想到什么就写什么吧！就像看到什么，我们就拍什么，拍照不也是这样吗？当然，人家拍的可是良辰美景，花好月圆。我呢，写的可不是什么千古名篇，也不是什么高谈阔论，只是想写，只是喜欢自言自语，喜欢自己和自己说说话，就像周伯通，没人和自己玩，只好左右互搏啦！周国平说，这叫自己和自己灵魂的交流，说得有点高了，哪有那么高档？只是无聊，打发时间罢了，不过，人生很多时候岂不无聊？学会自我排解，无聊也就不无聊了！

想起今早去体检，竟然碰到了以前的领导，我是认识他的，但他可能不认识我，我还是很礼貌地和他打了招呼，让他先进电梯，也让他先检查口腔，他一直微笑，可能是对我这种礼貌之举表示感谢和赞赏吧。其实也没什么，虽然人家已经退休了，但毕竟是我曾经的领导嘛，表示尊重，礼貌以待也是应该的。不过，他好像保养得还挺好的，头发竟然没有全白，还有很多黑发，和以前在台上没有什么两样，只是现在也是普通老百姓了。

当那么大的官，又如何？还不是这样过？到头来，也不都是一样吗？

所以啊，平凡也罢，富贵也罢，平淡也罢，精彩也罢，最终都尘归尘，土归土，一切随风，全部似烟，如行云流水，大江东去了！

剩下的，只有追忆、缅怀和不舍……

不是我们仨，而是我们大家，终将失散……

失散就失散吧，曾经相遇，已是美好，夫复何求？

就让一切随风……